Kurzroman

Cookies, Kekse, Katastrophen

Emma C. Moore

Band 3

Zuckergussgeschichten

Deutsche Erstausgabe Februar 2014

Umschlaggestaltung: Traumstoff
Buchdesign traumstoff.at.vu.
Umschlagfoto: © Acter shutterstock.com

emmamoorebooks@gmail.com

1. Kapitel

Eigentlich war Chloe McAllister ein äußerst friedfertiger Mensch. Aber nur eigentlich. Jetzt stand sie in der winzigen Küche ihres Cafés, das den klangvollen Namen Cookiebooks trug, und schlug zornig auf den Keksteig ein. Dabei konnte der Teig am allerwenigsten für die Misere, in der sie steckte. In die hatte sie sich selbst hineinmanövriert. Nicht mit Absicht, nein. Natürlich nicht, aber wenn sie nur ein bisschen nachgedacht hätte, dann wäre ihr klar geworden, dass die Nummer auffliegen musste.

Chloe nahm das Nudelholz in die Hand, um den Teig auszurollen. »Scheiße, Scheiße, Scheiße!«, jammerte sie vor sich hin. Sie würde nicht umhinkommen, das Café zu schließen und abzuhauen. Wenn jemand herausfand, dass sie dahintersteckte, konnte sie sich einsargen lassen. Die ganze Stadt wäre hinter ihr her. Das hatte sie nicht beabsichtigt.

Das Glöckchen über ihrer Ladentür schellte.

»Keiner zu Hause?«, erklang die Stimme ihrer Freundin Eve in ihren Ohren viel zu fröhlich.

Chloe wischte sich die mehligen Hände an ihrer Latzhose ab und ging nach vorn.

Eve lehnte über dem Tresen und angelte sich ein Cookie aus einer gläsernen Dose. Herzhaft biss sie hinein.

»Und schon aufgeregt?«, fragte sie und grinste verschlagen.

Chloe schüttelte den Kopf. »Was bist du nur für eine gehässige Person? Noch so ein Spruch, und du bekommst nie wieder auch nur einen Krümel von meinen Keksen.«

»Das würde meinen Hüften guttun.« Eve strich sich über ihre Beckenknochen, die unter ihrem Rock hervorstachen. Im Grunde hätte sie Kate Moss Konkurrenz machen können. Und das wusste sie genau. Mit ihren langen, blonden Haaren würde sie auf jedem Frauenmagazin eine gute Figur machen. Stattdessen versauerte sie in Crossville als Assistentin der Bürgermeisterin. Chloe liebte sie genau dafür, aber wahrscheinlich hatte ihr gerade die unterdrückte Abenteuerlust ihrer Freundin diese Sache eingebrockt.

»Pfff.« Heute würdigte sie die Bemerkung ihrer Busenfreundin keiner Antwort. Wenn sich jemand zurückhalten musste, dann war das ja wohl sie. Alles an ihr war rund und weich. Nicht zu rund, aber immerhin so, dass die meisten ihrer Hosen am Bund mittlerweile etwas zu eng saßen. Aber was sollte sie tun? Sie war nun mal Bäckerin aus Leidenschaft, und es wäre besser, wenn das ihre einzige Leidenschaft geblieben wäre. Dann würde sie heute vermutlich ein paar Pfunde mehr wiegen, hätte aber nicht dieses Problem, das ungefähr das Gewicht eines Elefanten auf die Waage brachte. Ach, was sagte sie? Das einer ganzen Elefantenherde.

Eve musterte sie. »Jetzt mach dir nicht ins Hemd. Es wurde Zeit, dass Crossville mal wieder einen ordentlichen Skandal bekommt. Seit Annies Hochzeit im Handtuch und Jennas schwarzem Baby ist ganz schön viel Wasser den Mississippi hinuntergeflossen, wenn du mich fragst.«

»Ich frage dich aber nicht. Ich mag es ruhig und beschaulich. Sonst wäre ich wohl kaum in dem Nest hier gelandet.«

»Ich mag es auch ruhig und beschaulich«, verteidigte sich Eve. »Aber nicht langweilig. Und du kennst ja meine Meinung. Eric hat es nicht anders verdient.«

»Du bist ja nur sauer auf ihn, weil er dich abblitzen lassen hat.«

»Ganz genau.« Eve betrachtete ihre Fingernägel. »So jemand wie er sollte nicht als Single herumrennen. Er macht den ganzen Ort verrückt.«

»Du meinst diese Tussis, die ihn umschwirren wie die Motten das Licht?«

»Das sind keine Tussis. Das sind Frauen wie du und ich, und es ist völlig normal, dass sie sich für einen Mann wie Eric interessieren. Er sieht viel zu gut aus. Du müsstest dir ihn nur mal richtig ansehen, dann wüsstest du, was ich meine.«

Chloe schüttelte den Kopf. Worauf hatte sie sich da eingelassen? Dabei hatte sie es zuerst auch lustig gefunden. Heute konnte sie sich nicht mal mehr erinnern, wie sie auf diese bescheuerte Idee gekommen war. Nur dass Alkohol im Spiel war, daran erinnerte sie sich genau.

Eve schüttelte den Kopf. »So kannst du da nicht auftauchen. Spring einmal über deinen Schatten und zieh etwas an, das wirklich sexy aussieht.« Sie stand vor Chloes Kleiderschrank und sah etwas hilflos in das schwarze Loch. »Ich weiß genau, dass du dieses kleine Schwarze irgendwo hier drin hast. Du hast es nur einmal getragen, als wir nach Vegas geflogen sind. Heute ist genau der richtige Tag, um es ein zweites Mal auszuführen. Los, mach schon.«

Chloe schüttelte ihren Kopf, während sie über das Kleid nachdachte. Eve musste den Verstand verloren haben, es nur in Erwägung zu ziehen. »Die Leute werden denken, dass ich unter dem Kleid einen Schwimmring trage. Vegas ist über zwei Jahre her.«

»Du wirst fantastisch darin aussehen. Crossville kennt dich nur in diesen lächerlichen Latzhosen. Gib ihnen etwas zu gucken, und sie hören nur mit halbem Ohr hin. So schlägst du zwei Fliegen mit einer Klappe.« Triumphierend zog sie das Kleid aus der hintersten Ecke hervor.

»Und die wären?«, fragte Chloe, während sie ihren Bauch einzog und den Schlauch über sich rollte. »So muss sich ein Kondom fühlen«, quetschte sie hervor.

Eve bekam einen Lachanfall. »Als wenn du dich daran erinnern würdest. Wie lange ist dein letzter Sex her? Ein Jahr? Mir ist schleierhaft, wie du das aushältst.« Sie schnappte nach Luft.

»Hilf mir lieber. Ich stecke fest.« Chloe bekam kaum noch Luft und hoffte, dass sie in Ohnmacht fiel. Wenn sie im Krankenhaus lag, entging sie dieser ganzen Peinlichkeit.

Fröhlich vor sich hin gackernd zog Eve das Kleid in die richtige Position. »Wir könnten es hinten ein bisschen auflassen und du ziehst einen Bolero darüber. Dann würdest du Luft bekommen«, schlug sie vor.

Chloe musterte sich im Spiegel. Sie sah lächerlich aus in dem Ding. Ihre roten Haare hatten sich statisch aufgeladen und standen in alle Himmelsrichtungen ab.

Eve drückte sie auf einen Stuhl. »Du bleibst sitzen. Ich kümmere mich um den Rest.«

Resigniert schloss Chloe die Augen. Schlimmer konnte es sowieso nicht mehr werden. Sie sah aus wie eine Vogelscheuche und würde sich in einer Stunde zum Gespött der Stadt machen. Zum Glück erlebte Tante Mae dieses

Desaster nicht. Obwohl Chloe vermutete, dass diese Geschichte sie furchtbar amüsiert hätte. Das war genau die Art von Humor, die sie liebte.

2. Kapitel

Mable betrat das Café. »Und, Mädels, ist alles vorbereitet?« Mable war die Bürgermeisterin von Crossville und selbst ernannte Schirmherrin der Valentinstagslesung.

»Aber sicher«, antwortete Eve und sah sich um. Sie hatten noch ein paar Bistrotische besorgt und in den Raum gequetscht. Sie erwarteten jede Menge Zuhörer. Wahrscheinlich mussten sie einige sogar abweisen. Aber die konnten ja morgen kommen, oder übermorgen. Eve rieb sich die Hände. Das Café erstrahlte in vollem Glanz. Auf den Tischchen standen

Kerzen und Teller mit Keksen. Sie waren in Herzform ausgestochen und hübsch verziert. Chloe hatte ganze Arbeit geleistet. Eve war stolz auf sich, dass ihr das eingefallen war. Schließlich war Valentinstag, und den Leuten musste etwas geboten werden. Dieses Jahr würden es allerdings nicht nur die Plätzchen sein. Dieses Jahr würde die Valentinstagslesung, die längst Tradition in Crossville war, der Auftakt zu einem waschechten Skandal sein. Und im Mittelpunkt würde der überaus arrogante und gut aussehende Eric Morley stehen.

»Wo ist die Autorin?«, fragte Mable. »Ich würde sie gern begrüßen.«

»Ähhh.« Dass der schwierige Teil des Abends so schnell beginnen würde, hatte sie nicht gedacht. »Ich frage mal Chloe«, zog sie sich aus der Affäre und ging in die Küche.

»Mable ist da und fragt, wo die Autorin ist«, flüsterte sie.

»Sag ihr, dass sie noch nicht da ist.«

»Das kann ich nicht«, quietschte Eve so leise wie möglich. Mable Wood besaß Ohren wie ein Luchs, das wusste sie aus Erfahrung.

»Warum nicht?« Chloe sah ihre beste Freundin fassungslos an und griff sich zum gefühlt tausendsten Mal an ihre hochgesteckten Haare. Es fühlte sich ungewohnt an, obwohl es wirklich gut aussah, wie sie zugeben musste.

»Sie ist meine Chefin.«

Chloe fand nicht, dass das eine gute Begründung war. »Wir belügen hier eine ganze Stadt, und du willst deiner Chefin nicht mal sagen, dass die Autorin sich verspätet?«

Eve nickte heftig. »Sie sieht mir immer gleich an, wenn ich schwindele.«

»Du schwindelst nicht, du biegst nur die Wahrheit. Jetzt geh schon raus. Ich muss mich sammeln.«

Eve griff die Hände ihrer Freundin. »Du hast recht, sammle dich. Du schaffst das. Ich bin bei dir.«

Chloe stützte sich auf der blank geputzten Arbeitsplatte ab und schloss die Augen. Sie hätte Eve das fertige Manuskript nicht zeigen dürfen. Besser hätte sie es in einen Kamin geschmissen. Aber das ließ Eve nicht zu, nachdem sie es gelesen hatte. Stattdessen hatte sie es hinter ihrem Rücken an ein paar Verlage geschickt. Im Grunde war alles nur Eves Schuld.

Allerdings war es ihre eigene Idee gewesen, einen Lesekreis für die U-30-Frauen von Crossville zu gründen. Wenn sie gewusst hätte, dass sich daraus ein Lesekreis entwickeln würde, in dem Woche für Woche über erotische Romane und Geschichten diskutiert wurde, hätte sie das ganz sicher nicht gemacht. Sie hatte die Frauen eigentlich für Salinger, Dickinson oder Jane Austen begeistern wollen. Damit hatte sie allerdings nur ein müdes Lächeln geerntet, und die Frauen hatten der Leserunde prompt den Namen »Erotisches zur Nacht« verpasst. Eines Abends hatten sie dann in der Kinderecke des Cookiebooks auf dem Boden und den Sitzkissen gesessen, mit Bier, Wein und

Schokokeksen. Aus heiterem Himmel hatten die Mädels begonnen, ihre eigenen erotischen Erfahrungen zum Besten zu geben, und diese hatten sich auffallend oft um Eric Morley gedreht. Dahin, dass sie diese Geschichten aufschrieb, war es nur noch ein kleiner Schritt gewesen. Sie hatten sich prächtig amüsiert, aber sie musste es nun ausbaden.

Die Eingangstür klappte wieder. Es ging los. Chloe nahm ihren ganzen Mut zusammen. Es würde schon schiefgehen, niemand würde etwas bemerken. Die Frauen hatten geschworen, nichts zu verraten. Sie würde die drei Lesungen abhalten, zu denen sie sich verpflichtet hatte, und gut. Die Bewohner von Crossville würden sich ein paar Wochen das Maul über Eric zerreißen und dann zum Alltag übergehen. Keine von ihnen hatte geahnt, dass ausgerechnet ihr Buch einen Durchmarsch startete und auf Platz drei der Bestsellerliste der New York Times landete. So etwas passierte nur in verrückten Träumen. Sie dankte Gott heute noch auf Knien, dass sie geistesgegenwärtig auf einem Pseudonym bestanden hatte. Wenn je rauskam, dass sie die Autorin war, würde sie das in Teufels Küche bringen.

»Du musst jetzt kommen.« Eve steckte ihren Kopf zur Küche hinein. »Es ist voll. Draußen passt kein Keks mehr rein.«

Chloe nickte und wischte sich ein letztes Mal ihre feuchten Handflächen an einem Küchentuch trocken. Augen zu und durch hatte Tante Mae immer gesagt, wenn es galt eine schwierige Aufgabe zu bewältigen. Allerdings hatte es sich meist um ein kompliziertes Rezept oder um die Buchhaltung gehandelt. Was würde sie dafür geben, wenn sie jetzt bloß den Staatshaushalt der USA in Ordnung bringen müsste. Das musste ein Klacks sein.

Ihre Freundin Annie strahlte sie an, als sie den Innenraum des Cafés betrat. »Endlich komme ich mal wieder raus. Seit Kathy laufen kann, bin ich fix und fertig. Heute kann sie Ellen und Sue ärgern.«

»Ellen kommt nicht?«

»Die beiden kommen morgen.«

Chloe sackte das Herz in die Hose – den Rock, wohin auch immer. »Sie sind schon sehr gespannt, welches Buch du ausgewählt hast.«

Ellen Morley war Erics Mutter. Sie würde nicht sonderlich begeistert sein, dass es über die Eskapaden ihres Sohnes ein Buch gab. Annies Mann Lewis beugte sich zu Chloe und gab ihr einen Kuss auf die Wange. »Haben wir diesen Anblick Eve zu verdanken?« Sein Blick glitt anerkennend über das schwarze Kleid, das kurz über ihrem Knie endete, hin zu ihren hochhackigen Schuhen.

»Ja, und wenn ich mir in den Dingern die Beine breche, dann muss sie in den nächsten sechs Wochen hier schuften.«

»Ich bin sicher, du würdest noch andere Helfer finden, wenn du nur wolltest.«

»Sehr witzig, Lewis.« Sie wandte sich ab, um weitere Gäste zu begrüßen.

Nach einer Weile entspannte sie sich. Solange, bis Eve mit einem Löffel gegen ein Glas schlug. Genau in diesem Moment begannen die Düsenjäger in ihrem Magen abzuheben. Sie würde diesen Abend nicht überleben. Schnell griff sie sich ein Glas Prosecco und kippte es hinunter. Sie musste sich entspannen.

»Also, Leute«, begann Eve. »Ich begrüße euch ganz herzlich zu unserer diesjährigen Valentinstagslesung in Chloes Cookiebooks. Ihr wisst nicht, wie glücklich ich bin, dass sich dieses Event in Crossville so großer Beliebtheit erfreut. Auch wenn Mae es dieses Jahr wieder nicht geschafft hat, ihrer Insel den Rücken zu kehren, denke ich, es ist angemessen, wenn wir auf sie anstoßen. Immerhin ist sie die Gründerin dieser wunderbaren Tradition.«

Wenn sie bloß hier wäre, dachte Chloe. Sie hätte sie aus dieser Situation irgendwie herausgeboxt. Doch ihre Tante zog es vor, die kalten Winter auf Hawaii zu verbringen. Und Chloe hatte sich nicht getraut, ihr die Geschichte am Telefon zu beichten.

Eve riss sie aus ihren trüben Gedanken und hielt ihr noch ein Glas Prosecco hin, mit dem sie mit den Umstehenden auf Tante Mae anstieß.

»Ich habe eine gute und eine schlechte Nachricht«, setzte Eve wieder an, als die Unruhe abgeklungen war. »Normalerweise reist für unsere Lesung immer der Autor oder die Autorin an. Nun ist es leider so, dass unsere heutige Autorin auf der Anreise in einen Unfall verwickelt wurde und nicht kommen kann.«

Aufgeregtes Stimmengemurmel setzte ein, das Eve sofort unterbrach. »Keine

Panik, ihr ist nichts Schlimmes passiert. Damit unsere Lesung nicht ins Wasser fällt, hat Chloe sich angeboten, aus dem Buch zu lesen. Wer schon einmal ihre Kinderleserunden besucht hat, weiß, dass sie das verteufelt gut beherrscht. Ich liebe es jedenfalls, wenn sie die sieben Zwerge imitiert.«

Kichern erklang, und Chloe warf ihrer Freundin einen Blick zu, der sie eigentlich hätte töten müssen. Eve zuckte nur mit den Schultern. »Was? Diesen kleinsten Zwerg kannst du besonders gut. *Wer hat in meinem Bettchen geschlafen*?«, versuchte Eve sich, was ihr natürlich nicht gelang. Lautes Gelächter folgte dieser missglückten Imitation. Chloes Samstagslesungen für die Kinder waren legendär.

Sie verbarg ihr Gesicht in den Händen und verkniff sich einen weiteren Kommentar. Sie wollte diese Sache so schnell wie möglich hinter sich bringen. Also trank sie noch einen Schluck zum Mutmachen. Das Zeug schmeckte verdammt gut. Mable spendierte es jedes Jahr zu diesem Anlass. Sie bekam es kistenweise von ihrer italienischen Verwandtschaft geschickt, und schon Mae hatte vermutet, dass die Crossviller nicht wegen der Bücher, sondern wegen dieses leckeren Gesöffs zu Cookiebooks kamen.

Egal. Chloe ließ sich auf den für die Autorin bestimmten Stuhl fallen und wartete, dass ihre Gäste dasselbe taten. Dann räusperte sie sich und schlug das Buch auf. »Wie jedes Jahr haben wir auch in diesem nicht verraten, wen wir für unsere Lesung eingeladen haben. Es war Helen Levy.« Aufgeregtes Gemurmel setzte ein.

»Die Helen Levy?«, fragte Mable vorsichtig nach und ihre Augen glänzten vor Neugierde. »Das habt ihr vor mir geheim gehalten?«

Chloe nickte und sah sie verunsichert an.

Mable schlug ihre Beine übereinander und grinste. »Das wäre ja mal interessant geworden.«

»Das dachten wir uns auch«, warf Eve ein und lächelte Chloe über ihr Glas an.

»Wie dem auch sei. Helen ist nicht hier, und deshalb übernehme ich für sie.« Ein letztes Mal schaute sie in die Runde, dann konzentrierte sie sich auf das Buch in ihren Händen. »Wer es noch nicht kennt. Helen Levy hat das Buch geschrieben »Cowboys küssen nicht«, und wie es der Zufall will, spielt es in unserem wunderschönen Städtchen Crossville.«

Offensichtlich kannten die meisten Zuschauer das Buch, was Chloe nicht wirklich wunderte, denn sie jubelten und klatschten. Die Unterbrechung nutzte Chloe, um den letzten Schluck zu trinken. Der Prosecco kribbelte angenehm in ihrem Magen.

»Ähnlichkeiten mit real existierenden Personen sind rein zufällig«, referierte sie weiter.

»Wer es glaubt, wird selig«, ließ Daniel sich vernehmen. Er und Amy saßen mit Mable und Sam an einem Tisch. Selbstverständlich wussten Amy und Annie wer das Buch wirklich geschrieben hatte, schließlich hatten sie sie dazu aufgehetzt, und sie hatte schon immer mal ein Buch schreiben wollen. Es hatte sich förmlich angeboten. Zum Glück hatten sie ihr Versprechen gehalten und ihren Männern nichts erzählt. Das war Chloes Bedingung.

»So steht es hier drin«, beharrte Chloe. »Es sind Kurzgeschichten, in denen Helen detailliert die unterschiedlichsten Affären eines Mannes beschreibt, und das auf sehr humorvolle Art und Weise.«

»Jetzt lies schon«, verlangte Harry, der Besitzer des Spielwarenladens, das neben ihrem Café lag.

Die Galgenfrist war um. Chloe kam sich winzig vor. Besonders groß war sie nicht, aber jetzt, auf diesem Stuhl, vor all den Leuten … Kurzerhand schob sie ihren Stuhl zu dem alten Holztresen, den sie auf einem Trödelmarkt gefunden und restauriert hatte. Sie kletterte hinauf und setzte sich. Viel besser. Jetzt überragte sie ihre Zuhörer, was ihr ein überlegenes Gefühl gab. Blöderweise rutschte ihr Rock höher und enthüllte mehr Bein, als schicklich war. Sie zupfte daran, bis Eve auffordernd hüstelte.

»Dann geht es jetzt los.« Sie ließ den Rock Rock sein.

»*Patricia liebte ihr Leben. Sie besaß alles, wovon sie je geträumt hatte. Einen Job, ein eigenes Auto, Freundinnen und ihn. Eric war der Mann ihrer Träume. Mit ihm würde sie alt werden, mit ihm würde sie Kinder bekommen. Alles war perfekt. Sie schloss die Tür zu ihrer Wohnung auf. Seit genau einer Woche wohnte Eric bei ihr, und sie freute sich auf jeden gemeinsamen Abend. Sie würde kochen, und er würde sie später mit diesen unaussprechlichen Dingen verwöhnen. Wenn sie nur daran dachte, stieg ihr die Röte ins Gesicht.«*

»Mehr Details«, rief ein Zuhörer aus den hinteren Reihen und erntete dafür ein Kichern.

»Ich lese genau das, was die Autorin geschrieben hat.

Erwartungsvoll klimperte Patricia mit dem Schlüssel und trug den Einkauf in die Küche. Eric kam ihr nicht wie sonst entgegen. ›Wo bist du, Schatz?‹ Er wusste nicht, dass sie früher Schluss gemacht hatte. Sie wollte ihn überraschen. Merkwürdige Geräusche drangen aus ihrem Schlafzimmer. Hatte sie das Fenster aufgelassen? Roswitha, die Katze ihres Nachbarn verirrte sich regelmäßig in ihr

Bett. Sie öffnete die Tür des Zimmers, um das Tier hinauszuscheuchen. Was sie sah, erinnerte keineswegs an Roswitha. Auf dem Bett lagen zwei ineinander verknotete Gestalten, und was da vor ihr auf und abwippte, erinnerte sie nur an eines – an Erics glatten, muskulösen Hintern.«

Gelächter brandete durch das Café. Chloe grinste in sich hinein. Sie beglückwünschte sich dazu, dass sie wenigstens die Namen der Frauen verändert hatte, wenn schon nicht Erics. Aber das geschah ihm nur recht. Es wurde Zeit, dass jemand die Frauen vor ihm warnte. Im Grunde vollbrachte sie eine gute Tat.

Sie beendete die erste Geschichte und bedankte sich höflich für den Applaus und das Gelächter. Lewis und Daniel schlugen sich vor Lachen auf ihre Oberschenkel. Schöne Freunde waren das. Die beiden hatten auch nichts anbrennen lassen. Vielleicht sollte sie über eine Fortsetzung nachdenken. Chloe musste zugeben, dass sie sich zu amüsieren begann, was nicht zuletzt an dem Prosecco lag. Im Grunde waren die Geschichten ziemlich lustig, weil sie sie so humorvoll verpackt und bei dieser Gelegenheit auch ein bisschen übertrieben hatte. Aber das brauchte ja keiner wissen. Das war künstlerische Freiheit.

»Lies weiter, Schätzchen«, rief Harry. »Was hat der Bengel noch so angestellt?«

Chloe blätterte zur nächsten Geschichte. Die Geschichte von Nathalie, die eigentlich Jenny hieß. Da hatte eine Frau es tatsächlich fast geschafft, Eric zum Altar zu schleifen. Aber eben nur fast. Sie las vor, wie die beiden sich kennengelernt hatten. Eric hatte sich vor einer Bar geprügelt und sich die Nase gebrochen. Nathalie war die Krankenschwester, die ihn in der Notaufnahme behandelt hatte. Chloe hatte bis heute nicht begriffen, wie Eric es geschafft hatte, Nathalie zu überreden, ihn bei sich zu Hause gesund zu pflegen. Was hatte dieser Kerl nur an sich, dass die Frauen sich von ihm reihenweise aufs Kreuz legen ließen. Mit dieser Frage war sie nicht allein. Ihre Zuhörer hingen an ihren Lippen und feixten vor sich hin. Nicht wenige von ihnen waren auf der verunglückten Hochzeit Gast gewesen.

»*Nathalie konnte nicht glauben, dass er sie gefragt hatte, ob sie heiraten wollten. Seit sie fünf war, träumte sie von einer*

Hochzeit in Weiß. Eric war der Mann, auf den sie gewartet hatte. Sie würden beide unschuldig in die Ehe gehen. So wie sie es sich immer gewünscht hatte. Er war fast zu perfekt.«

Daniel prustete laut durch den Raum. Sie konnte es ihm nicht verdenken. An dieser Stelle der Geschichte hatte Chloe sich immer gefragt, von welchen Planeten Nathalie stammte. Männer wie Eric waren in ihrem ganzen Leben nicht unschuldig. Ihrem Publikum fiel es offenbar ebenso schwer, sich einen unschuldigen Eric vorzustellen, denn sie johlten vergnügt. Chloe bedeutete Eve, allen noch etwas Prosecco nachzuschenken und streifte sich ihre Hackenschuhe von den Füßen.

»*Nathalie zupfte an ihrem Brautkleid herum und wartete, dass die Musik einsetzte. Ihr Vater brachte sie zum Altar. Eric sah ihr erwartungsvoll entgegen. Sie strahlte ihn an, und der Pfarrer begann mit seiner Ansprache. Seine Worte zogen an ihr vorbei. Sie spürte nur Erics Hand in ihrer und das erwartungsvolle Prickeln, das sich in ihr ausbreitete. Plötzlich verstummte der Pfarrer. Nathalie sah ihn an. Hatte sie ihren Einsatz verpasst? Sie sah ihn an, aber er erwiderte ihren Blick nicht. Er sah zu ihren Gästen. ›Was ist los?‹, wisperte sie.*

›Ich habe gefragt, ob jemand Einspruch erheben will, und da ist diese Dame aufgestanden.‹ Er wies auf ihre Freundin Bethany. Am Rande spürte Nathalie, dass Eric ihre Hand losgelassen hatte.«

Das Glöckchen über Chloes Ladentür klingelte. Bevor Chloe aufschauen konnte, sah sie, wie sich Eves Augen weiteten. Ihr Blick glitt zur Tür. Sie verschluckte sich an dem Keks, von dem sie gerade abgebissen hatte. In der Tür stand Eric. Er ließ seinen Blick durch den Laden gleiten. Wahrscheinlich suchte er einen freien Platz. Es war so typisch für ihn, dass er zu spät kam. Bevor sie behaupten konnte, dass er in eine geschlossene Veranstaltung geplatzt war, stand Daniel auf und rief ihn grinsend zu sich. »Setzt dich zu uns, Eric. Wir amüsieren uns gerade köstlich.«

Eric schien sich an dem aufgeregten Stimmengewirr nicht zu stören. Wer würde auch schon darauf kommen, dass seine Affären im Mittelpunkt einer Lesung standen. Sie konnte unmöglich weiterlesen. In ihrem Kopf drehte sich alles, und sie war nicht sicher, ob es am Prosecco lag oder daran, dass ihr Hauptprotagonist leibhaftig vor ihr stand. Wie immer dominierte er die Situation. Sie musterte ihn. Natürlich schenkte er Eve sein verführerisches Lächeln, als sie ihm ein Glas reichte. Misstrauisch musterte er das Getränk. »Hast du nichts Ordentliches? Was für Männer?«

Chloe verdrehte die Augen.

»Nichts zu trinken«, zwitscherte Eve.

Chloe stöhnte. Das waren genau die Sprüche, auf die der Kerl stand.

»Das nehme ich auch.« Er grinste ihre Freundin anzüglich an.

»Setz dich, Bursche. Es ist gerade spannend«, ermahnte Harry ihn.

Eric setzte sich und blickte zum ersten Mal, seit er den Laden betreten hatte, zu Chloe. Seine Augen weiteten sich, als er ihre Aufmachung bemerkte. Sein Blick glitt über ihr hochgestecktes rotes Haar, aus dem sich mittlerweile einige Strähnen gelöst hatten. Wanderte weiter von dem Dekolleté ihres Kleides zum Rock, der sich wieder selbstständig gemacht hatte und hochgerutscht war, was sie im Eifer des Gefechts nicht bemerkt hatte. Besondere Aufmerksamkeit widmete er ihren Beinen, die sie übereinandergeschlagen hatte, und ihren schuhlosen Füßen. Fehlt bloß noch, dass er pfeift, dachte Chloe und sah ihn wütend an, was ihm ein unbeeindrucktes Lächeln entlockte. Dem würde sie es zeigen. Sie kannte Eric, seit sie vor zwei Jahren nach Crossville gekommen war. Er war mit den Männern ihrer Freundinnen Annie und Amy befreundet. Mit ihr hatte er jedoch kaum ein Wort gewechselt, und sie legte auch keinen Wert drauf.

»*Fragend sah Nathalie Eric an, der sich unbehaglich an den Nacken fasste. ›Was ist?‹, fragte sie Bethany.*

›Er hat mit mir geschlafen‹, antwortete diese. ›Es tut mir leid, aber ich möchte, dass du es weißt.‹

›Mit mir auch.‹ Eine zweite Frau stand auf, die Eric ihr irgendwann mal vorgestellt hatte.

Halb Crossville hatte sich in der Kirche versammelt. ›Mit mir auch.‹ Nathalie wusste nicht, wo sie hinschauen sollte. Bald standen ein gutes Dutzend Frauen und schauten Eric böse an.

›Ich dachte, du bist …‹ Nathalie brachte das Wort nicht über ihre Lippen, so lächerlich erschien es ihr plötzlich.

›Bin ich auch irgendwie, Honey‹, versuchte Eric die Situation zu retten.

Eine schallende Ohrfeige unterbrach seinen kläglichen Versuch, sich zu rechtfertigen. ›Nenn mich nie wieder Honey.‹ Sie zog ihm ihren Brautstrauß über den Schädel und rauschte hinaus.

Bevor Eric sich versah, streckte Nathalies Vater ihn mit einem Fausthieb zu Boden. ›Du kommst meinem Kind nicht noch einmal zu nahe!‹, schrie er.«

Schallendes Gelächter durchflutete das Cookiebooks. Zu plastisch stand den meisten Anwesenden Erics verdatterter Gesichtsausdruck vor Augen. Zum Glück war Nathalie heute mit einem sehr netten Mann verheiratet und hatte zwei entzückende Kinder, während Eric immer noch bindungsunfähig durch die Gegend lief.

Allerdings war es nach diesem Höhepunkt seiner zweifelhaften Karriere als Casanova von Crossville, nicht besser mit Eric geworden. Er wechselte die Frauen wie seine Unterhemden, und Chloe fragte sich nicht nur einmal, warum die Frauen ihn nicht durchschauten. Sie blickte in die Runde und freute sich, dass ihre Gäste sich so amüsierten. Dann fing sie jedoch Erics Blick auf und biss sich auf die Lippen. Er sah wütend aus. Aber nicht einfach nur wütend, sondern richtig wütend.

»Ich will noch mal betonen, dass die Geschichten laut der Autorin frei erfunden sind.« Obwohl sie hoffte, damit die Wogen zu glätten, folgte ihren Worten nur eine noch stärkere Lachsalve.

»Lies weiter, Chloe«, forderte Daniel sie auf. »Da gibt es noch einiges zu erzählen.«

Chloe grinste. »Da gibt es durchaus noch etwas. Ich hätte die Bargeschichte zu bieten.«

Lewis brüllte los vor Lachen, und Daniel schnappte nach Luft.

Eric war auf der Toilette mit einer Frau erwischt worden, deren Freund an der Bar aushalf. Eigentlich hatte sie ihn nur abholen wollen – also ihren Freund. Wie Eric es geschafft hatte, das Mädchen in kürzester Zeit auf die Toilette zu bugsieren, war tagelang Stadtgespräch. Sie brauchte wohl nicht zu sagen, dass die meisten Männer neidisch waren.

»Oder an den Mexikaner, der mit einem Pfarrer in die Stadt kam, um Eric mit seiner Tochter zu verheiraten«, schlug Lewis vor. »So schnell habe ich dich nie rennen sehen.« Er schlug seinem Freund auf die Schulter, der ihn mit versteinerter Miene anblickte.

»Ich fand eigentlich die Stringtangageschichte toll. Da haben die Mädels es dir mal richtig gezeigt«, bemerkte Annie und zwinkerte ihrem Sandkastenfreund zu. Sie war auf Clancy House gemeinsam mit ihm und Lewis aufgewachsen.

Ein paar Frauen hatten Eric heimlich ihre Stringtangas in sein Jackett gestopft, und seine damalige Freundin hatte sie gefunden. Ihr Geschrei war über den ganzen Rathausplatz zu hören, und sie hatte in aller Öffentlichkeit mit den Tangas nach ihm geworfen. Allerdings war das vor Chloes Zeit in Crossville gewesen, wie im Übrigen die meisten Geschichten.

»Alles frei erfunden.« Erics Blick durchbohrte Chloe, die ihn angrinste und seinen Blick erwiderte. Er konnte sie mal gernhaben. Wie er mit Frauen umging, war nicht zu entschuldigen. Da konnten die Geschichten noch so amüsant klingen.

Sie nickte. »Ich wüsste nicht, wer sich angesprochen fühlen sollte. Du etwa?«

Er wandte seinen Blick nicht ab. »Ich habe Nathalie jedenfalls nie Honey genannt.«

Fast hätte er Chloe leidgetan. Aber nur fast. Er war sicher der letzte Mann auf der Welt, der ihr Mitleid verdiente.

Eine letzte Geschichte noch, schlug sie vor. »*Das Einzige, was sie motivierte, zu der Weihnachtsfeier der Firma zu gehen, war, dass sie Eric sehen würde*«, begann sie. »*Bisher hatte er sie kaum beachtet, aber heute hatte sie sich ins Zeug gelegt. Sie wusste, dass er Frauen mit langen Beinen mochte. Und wenn sie eins hatte, dann eben lange Beine. Sein Ruf eilte ihm voraus, und Susan war fest entschlossen, herauszufinden, ob er diesem Ruf gerecht werden konnte.*

Die Feier war in vollem Gange, als er sich neben sie an die Bar stellte. ›Darf ich dir einen Drink spendieren? Du siehst durstig aus.‹

Sie musterte ihn. Was sie sah, gefiel ihr ausnehmend gut. Wie immer. Eric war groß, durchtrainiert, hatte blondes Haar und blaue, durchdringende Augen. Im Grunde war sie beschwipst genug. Es wäre klüger, nach Hause zu gehen, das wusste sie. ›Warum?‹

›Ich mag deinen Rock‹, grinste er.

Irritiert sah sie zu ihrem Rock hinunter und grinste zurück. ›Wenn das so ist. Ich mag deine Hose.‹

Eric orderte zwei Mojitos.«

Diese Geschichte war wirklich drollig, weil Susan, die diese zum Besten gegeben hatte, den Spieß umgedreht und Eric abserviert hatte. Allerdings erst, nachdem sie sich von seinen Qualitäten überzeugt hatte. Diesmal war er der Dumme.

»Das war ein sehr amüsanter Abend«, verabschiedete sich Mable von ihr mit einem Kuss auf die Wange. »Allerdings möchte ich nicht in der Haut dieser Helen Levy stecken. Zum Glück für sie war sie heute Abend verhindert. Ein Zusammentreffen mit Eric wäre deutlich schlimmer als ihr Autounfall verlaufen. Der arme Junge war ja völlig durcheinander.«

Chloe glaubte, ihren Ohren nicht zu trauen. »Der arme Junge?« Eric war zum Glück direkt nach dem Ende der Lesung verschwunden. Wahrscheinlich richtete er sein angekratztes Selbstbewusstsein damit auf, dass er im Pub eine Frau aufriss, dachte Chloe gehässig.

»Immer nimmst du ihn in Schutz, Mom«, beschwerte sich Daniel und legte einen Arm um seine Mutter. »Wenn es so ein Buch über mich gäbe, würdest du im Dreieck springen.«

Mable sah ihren Sohn mit hochgezogenen Augenbrauen an. »Willst du mir damit sagen, dass es möglich wäre, dass diese Frau über dich ähnliche Geschichten zusammenträgt?«

Lewis, der hinter seinem Freund stand, um sich zu verabschieden, schnaubte leise. Ein Blick seiner Frau genügte, und das Schnauben ging in ein verhaltenes Husten über.

»Niemals«, behauptete Daniel, und sah seine Mutter treuherzig an.

Chloe schüttelte in Gedanken den Kopf. Niemals würde sie ihm das abnehmen, so wurde ein Schuh draus.

»Wie hat sie bloß von diesen Eskapaden erfahren? Das frage ich mich wirklich. Schade, dass wir sie nicht fragen können.«

»Ja, wirklich schade«, bestätigte Chloe und scheuchte ihre letzten Gäste hinaus. Sie musste dringend ins Bett.

3. Kapitel

Eric rieb sich die Hände. Wenn er herausfand, wer das Biest war, die das angerichtet hatte … Er konnte es immer noch nicht glauben. Aber leider hatte er es mit eigenen Ohren gehört. Ganz sicher hatten gestern noch die Telefone in Crossville geglüht. Chloe würde sich vor Besuchern heute Abend nicht retten können. Normalerweise interessierte ihn nicht, was die anderen Bewohner von ihm dachten, aber das war selbst ihm eine Nummer zu heftig. Er musste versuchen, das Ganze zu verhindern. Fragte sich nur wie. Chloe McAllister war schon immer eine harte Nuss. Aus ihr würde er nichts rausbekommen. Sie hasste ihn, wenn er auch nicht verstand, weshalb. An ihr würde er sich vergeblich die Zähne ausbeißen. Vielleicht hatte er bei ihrer Busenfreundin Eve mehr Glück.

Eric steckte sich ein frisches weißes Hemd in den Bund seiner engen Jeans. Eve hatte schon in der Schule einen Narren an ihm gefressen. Er musste sie nur überreden, die beiden anderen Lesungen abzusagen. Siegessicher machte er sich auf den Weg zum Rathaus.

»Eric, ich kann dir wirklich nicht helfen. Der Verlag hat drei Lesungen gebucht, und die wird Chloe machen.«

Langsam wurde er wütend. Er hatte seinen Charme spielen lassen und mit Eve geflirtet, aber komischerweise war das alles an ihr abgeprallt. So abweisend war sie sonst nie.

»Chloe kann ich nicht darum bitten. Sie kann mich nicht ausstehen, das weißt du genau. Sie würde sogar noch ein paar mehr Lesungen veranstalten, wenn sie mich damit ärgern könnte.«

»Dann würde ich mich an deiner Stelle bei ihr einschleimen, damit sie das nicht tut.«

Eric richtete sich auf. »Sie plant das nicht wirklich?«

Eve widmete sich irgendwelchem Zeug auf ihrem Bildschirm und würdigte ihn keines Blickes. Sie zuckte lediglich mit den Achseln.

Wütend stürmte er hinaus. Er würde ein Wörtchen mit diesem Bücherwurm reden.

Vor dem Cookiebooks blieb er wie angewurzelt stehen. Zwischen kitschigen Herzen, die im Schaufenster baumelten, stand besagtes Buch. Nicht nur einmal, nein. Mindestens zwanzig Exemplare hingen, standen oder lagen dort wie auf dem Präsentierteller. Das Cover war zum Weglaufen. Man sah die Rückseite eines halb nackten Mannes. Er trug einen Cowboyhut und sein Gesicht war nur im Profil sichtbar. Seine Hose saß so tief auf den Hüften, dass sein halber, durchaus gut trainierter Hintern sichtbar war. Gerade so viel, dass es nicht zu anstößig wirkte. »Cowboys küssen nicht«, prangte der Titel über der intimen Stelle. Was für ein bescheuerter Titel. Natürlich küsste er, und sogar ziemlich gut. Beschwert hatte sich jedenfalls noch keine. Erst jetzt entdeckte er den großen Aufkleber, der auf der Scheibe prangte: *Was Sie schon immer über ihren Nachbarn wissen wollten.* Er stöhnte auf. Das musste ein schlechter Traum sein. Er musste dem schnellstmöglich ein Ende machen.

Chloe stand hinter der Theke und wickelte ein Buch in silbernes Geschenkpapier, als er eintrat. Die Frau, die das Buch offensichtlich gerade gekauft hatte, drehte sich um. Sie musterte ihn von oben bis unten und begann dann zu lächeln. »Ist er das?«, fragte sie Chloe, die nur nickte.

Eric sah genau, wie ihre Mundwinkel zuckten.

»Was kann ich für dich tun, Eric?«, fragte sie, als die Kundin verschwunden war.

»Du kannst mir die Telefonnummer dieser Helen Levy geben. Ich will sie anrufen und fragen, was sie geritten hat.«

Chloe zog ihre Augenbrauen nach oben. »Was oder wer?« Im selben Moment, wie ihr diese Worte entschlüpften, wurde sie feuerrot. Sie hatte sich eindeutig zu viel mit anzüglichen Dingen befasst.

Schockiert sah er sie an. »Chloe McAllister, ich hätte nicht gedacht, so eine Bemerkung jemals aus deinem Mund zu hören.« Sein Blick glitt zu ihren Lippen. Sie hatte einen perfekten Kussmund, fiel ihm bei dieser Gelegenheit auf.

»Entschuldige«, räusperte sie sich. »Ich kann dir Helens Telefonnummer nicht geben. Die ist geheim.«

»Weshalb legt die Frau so viel Wert darauf, dass niemand weiß, welche Lügen sie verbreitet?«

»Das sind keine Lügen.«

»Woher willst du das wissen.«

»Es sind Geschichten, die das Leben geschrieben hat.« Chloe war froh, dass der Tresen sie und Eric trennte, denn jetzt blitzte Zorn in seinen Augen auf.

»Das Leben also«, sagte er leise und gefährlich. »Und dieses Leben spielt zufällig in Crossville mit einem Typen namens Eric.«

Chloe zuckte die Schultern und versuchte, ernst zu bleiben. »So spielt es eben manchmal. Ich wette, es erkennen sich noch viel mehr Männer in diesen Geschichten wieder. Ich weiß nicht, was du dich aufregst. Weshalb du dich überhaupt angesprochen fühlst.«

Eric trat näher an den Tresen heran und beugte sich hinüber. »Du weiß genau weshalb. Jeder hier hat unschwer erkannt, wessen delikate Geschichten du uns aufgetischt hast.«

»So nennst du das also.« Sie wich zurück.

»Sag mir ihre Nummer«, knurrte er. »Die Frau ist ein Phantom. Es existiert weder ein Foto noch eine E-Mail-Adresse noch ein Facebookprofil. Ich will wissen, wer sie ist.«

»Das kann ich dir nicht sagen. Ich kenne sie nicht.«

Eric stieß sich von dem Tresen ab. »Ich werde so lange hier sitzen, bis du es mir sagst. Ich weiß, dass du lügst.«

»Du willst hier in meinem Laden sitzen?«, quietschte sie. »Den ganzen Tag?«

Er ließ sich auf einem der kleinen Sessel nieder. »Den ganzen Tag, wenn es sein muss. Bring mir eine heiße Schokolade mit Chili und extra viel Schlagsahne«, befahl er.

Wütend stapfte Chloe in die Küche. Jetzt hatte sie den Salat. Sie musste sich etwas einfallen lassen, wie sie ihn loswurde.

»Du hasst das Cookiebooks«, erinnerte sie ihn, als sie ihm das Getränk servierte.

»Wie kommst du darauf?«

»Du hast es mir direkt ins Gesicht gesagt.«

»Ich habe gesagt, dass ich es hasse, dass ihr Frauen euch hier trefft und Intrigen gegen uns Männer schmiedet.«

»Das ist dasselbe.«

»Ist es nicht. Ich wollte nur mit Grace reden, aber du hast mich nicht reingelassen.«

»Sie wollte dich nicht sehen.«

»Weil ich in einer Stripbar war? Zu einem Junggesellenabschied? Herrgott. Nenn mir einen Mann, der nicht mal da hingeht. Wir wollten uns nur amüsieren.«

»Und sie wollte dich danach nicht mehr sehen. Das war ihre Entscheidung.«

Eric winkte ab. »Das tut jetzt nichts zur Sache. Gibst du mir die Nummer? Ich weiß genau, dass es eine meiner Verflossenen sein muss.«

»Wenn du so sicher bist, dann klappere sie doch alle ab. Oder weißt du ihre Namen nicht mehr? Ich hätte schwören können,

Typen wie du führen Buch über ihre Eroberungen.« Sie wandte sich ab.

»Klar«, rief er ihr hinterher. »Unter meinem Bett liegen Dutzende Notizbücher mit Namen. Bis ich die alle durch habe, bin ich alt und grau.«

»Dann kommst du wenigstens nicht mehr dazu, noch mehr Frauen das Herz zu brechen.«

Eric schlürfte genüsslich von der heißen, scharfen Schokolade. »Ich bilde mir etwas darauf ein, dass ich gerade das nicht gemacht habe. Alle meine Eroberungen, wie du sie nennst, mögen mich immer noch.«

»Und wer hat dann das Buch geschrieben?« Sie verschränkte die Arme vor der Brust.

»Das würde ich auch gern wissen, und ich bin sicher, dass du es mir sagen kannst.«

»Darauf kannst du warten, bis du schwarz wirst.«

»War das ein Ja?«

Chloe verschwand in ihrer Küche und knallte die Tür hinter sich zu.

»Eins zu null für mich, Chloe«, flüsterte Eric und trank noch einen Schluck. Diese Schokolade war zum dahinschmelzen. Pete brauchte ihn heute nicht, er würde den ganzen Tag hier sitzen, Schokolade trinken und Kekse essen. Und wenn ihm kotzübel davon wurde. Er würde Chloe weichkochen.

Chloe lugte durch das Bullauge ihrer Küchentür. »Er sitzt da und liest ein

Buch«, flüsterte sie in ihr Handy. »Ich wusste nicht mal, dass er lesen kann.«

Eve kicherte am anderen Ende der Leitung. »Er war ziemlich klug in der Schule. Das habe ich dir doch erzählt.«

»Er arbeitet in einem Stall«, widersprach sie aufgebracht. »Wie klug muss man dafür schon sein.«

»Du bist ganz schön borniert, Chloe.«

»Bin ich nicht.«

»Bist du doch. Er hat sogar studiert.«

»Was? Wie lege ich am schnellsten eine Frau flach?«

Eve lachte laut auf.

»Psst. Sonst hört er dich noch.«

»Wieso? Hast du den Lautsprecher an?«

»Natürlich nicht.« Chloe schüttelte den Kopf. »Du musst herkommen und ihn weglotsen.«

»Er wird sich bald langweilen und von selbst verschwinden, und wenn nicht, wird er einen Haufen Kundinnen anlocken, wenn sich das rumspricht.«

»Bist du jetzt vollkommen übergeschnappt? Du bist verantwortlich für den Mist, also lock ihn weg.«

»Das Buch hast du geschrieben.«

»Und du hast es hinter meinem Rücken an die Verlage geschickt.«

»Weil es ein witziges Buch ist. Weil es Männern und Frauen den Spiegel vorhält. Du hättest es nicht unter einem Pseudonym veröffentlichen dürfen. Ich finde, du hättest dazu stehen müssen.«

»Ja klar, dann hätte ich das Cookiebooks auch gleich schließen können.«

»Das hättest du ohne diesen Riesenvorschuss vom Verlag auch gemusst.«

»Das war auch der einzige Grund, weshalb ich dieser irrwitzigen Idee zugestimmt habe.«

»Jetzt ist alles in bester Ordnung. Eric kriegt sich schon wieder ein. Vertrau mir.«

»Dein Wort in Gottes Ohr«, murrte sie und drückte Eve weg.

»Ganz schön viel Betrieb«, bemerkte Eric am Nachmittag, als sie kurz allein waren.

»Dir dürfte nicht entgangen sein, dass die meisten Frauen dein Buch kaufen.« Chloe biss sich auf die Lippen.

»Ich denke, es ist nicht mein Buch.«

»Stimmt. Wie lange möchtest du noch hier sitzen?«

»So lange wie nötig.« Er streckte seine langen, muskulösen Beine von sich.

»Du hast schon vier Chili Chocolates getrunken. Wenn du so weitermachst, wirst du noch fett.« Sie grinste ihn böse an.

Gemächlich zog Eric sein Hemd aus der Jeans und enthüllte seinen Waschbrettbauch. »Ich glaube nicht, dass in dieser Hinsicht Gefahr droht. Alles Muskeln. Willst du mal anfassen?« Er grinste diabolisch.

Chloe schluckte. »Ich kann mich gerade noch bremsen.«

»Falls du deine Meinung änderst, frag ruhig. Ich stehe jederzeit zur Verfügung.«

»Du bist ein Schwätzer.«

»Kannst du mich deshalb nicht leiden?«

»Deshalb und wegen hundert anderer Dinge.«

»Da bin ich aber mal gespannt. Wie lange bist du schon in Crossville?«

»Zwei Jahre.«

»Wir oft haben wir beide in dieser Zeit ein Gespräch geführt?«

»Keine Ahnung. Was wird das? Ein Verhör?«

»Ich möchte nur deiner Abneigung auf den Grund gehen. Das steht mir doch zu, oder?«

Sie würde ihn einfach ignorieren.

»Das ist das erste Gespräch, das wir führen, ohne dass jemand anders dabei ist, Chloe.«

»Wenn du meinst.«

»Wie gut kennst du einen Menschen, mit dem du noch nie ein Wort über ein persönliches Anliegen gewechselt hast?«

»Nicht besonders gut«, knickte sie ein. »Aber ich habe genug über dich gehört. Mir klingeln jetzt noch die Ohren.«

»Dieses Café sollte nicht Cookiebooks heißen, sondern Tittle-Tattle-Club. Das tut ihr doch hier. Über uns Männer tratschen.

»Wir tratschen nicht. Die Frauen heulen sich hier aus.« Okay sie hatte eigentlich nicht geheult, sondern vor Lachen gebrüllt.

»Dann sind diese ganzen Geschichten über mich hier aufgebauscht worden?« Eric stand auf und trat zu ihr. Er überragte sie mindestens um einen Kopf. Sein Hemd hing ihm unordentlich aus dem Hosenbund. Chloe starrte auf seine Brust.

»Keine Antwort ist auch eine Antwort. Dann finde ich dieses Biest irgendwo in der Stadt. Das dachte ich mir fast.«

Er verließ das Café. Er war wütend. Stinkwütend.

4. Kapitel

Es war stockfinster draußen. Chloe war immer noch dabei, das Café aufzuräumen. Gerade wischte sie die Tische ab und bewegte sich dabei zu den Takten von *Ain't no Sunshine.* Sie war froh, dass sie diese vermaledeiten Lesungen hinter sich gebracht hatte. Endlich würde ihr Leben wieder in seine gewohnte Bahn zurückfinden. Sie hatte alle georderten Bücher verkauft und würde einen Teufel tun, neue zu bestellen. Lieber verwies sie die Kunden auf das Internet oder einen anderen Laden. Sie wollte diese Episode ihres Lebens am liebsten vergessen. Zum

Glück hatte Ellen die Sache mit Humor genommen. *Bestellen Sie der Autorin einen schönen Gruß*, hatte sie gesagt. *Sie hat meinen Jungen wirklich durchschaut.* Vielleicht lag es aber auch an dem Prosecco, den sie und Sue reichlich getrunken hatten, dass sie nicht sauer war.

Das Türglöckchen klingelte. »Was an dem Closed-Schild ist nicht zu verstehen?« Sie fuhr herum.

Eric stand in der Tür und grinste.

»Was?«

»In diesem Kleid siehst du verdammt heiß aus, und wenn du dann noch so aufreizend die Hüften schwingst, solltest du die Tür vielleicht lieber abschließen.«

»Das verfängt bei mir nicht. Also spar dir dein Gesülze.«

»Wir werden sehen.«

»Du wirst hier gar nichts mehr sehen.« Plötzlich kam Chloe sich fast nackt vor. Eric schien das Stückchen Stoff mit seinem Blick mühelos zu durchdringen.

Ihr Blick glitt zu ihren Füßen. Sie hatte diese unbequemen Schuhe wieder ausgezogen. Jetzt war sie noch kleiner.

Er trat näher an sie heran. Mit dem Tisch im Rücken konnte sie ihm nicht ausweichen, ohne dass es wie eine Flucht aussah. Verdammt, was wollte er?

»Ich bin bei meiner Suche noch nicht weitergekommen«, las er ihre Gedanken. »Also blieb mir nichts anderes übrig, als wieder herzukommen.«

»Ich kann dir auch nicht helfen.«

»Oh doch, das kannst du.«

Chloe fragte sich, weshalb ihr bei diesen Worten ein Schauer über den Rücken lief.

Sie konnte den Kerl nicht mal leiden. Es wurde Zeit, dass sie sich einen Freund suchte. Sie war schon viel zu lange allein. Kein Wunder, nach dem Reinfall mit Steve. Sie hatte angenommen, dass sie ein für alle Mal geheilt war. Beziehungen waren nichts für sie. Offensichtlich vermisste ihr verräterischer Körper jedoch einige Aspekte der Zweisamkeit. Sie starrte auf Erics durchtrainierten Brustkorb und leckte sich die Lippen. Als ihr Blick zu seinem Gesicht glitt, sah sie ein wissendes Lächeln darin. Dieser Blödmann konnte tatsächlich ihre Gedanken lesen.

Sie stemmte ihre Hände gegen seine Brust und schob ihn von sich weg. »Verschwinde und lass mich in Ruhe. Ich will nichts mit dir zu schaffen haben.«

Sie hätte genauso gut versuchen können, einen Eisberg durch die Arktis zu schieben. Eric rührte sich nicht von der Stelle. Im Gegenteil, er griff nach ihren Handgelenken und beugte sich zu ihr herunter. Nur Millimeter von ihren Lippen entfernt schwebte sein Mund. Er würde sie doch nicht etwa küssen? Die Erkenntnis traf sie wie ein Schlag. Seine blauen Augen verdunkelten sich. Er roch so unglaublich nach Mann, dass ihr schwindelig wurde (was wiederum auch an den vielen Proseccos liegen konnte). Er beugte sich noch ein Stückchen vor. Chloe holte mit ihrem Knie aus und trat ihm zwischen die Beine.

Eric schrie auf und ließ sie los. Nur mit Mühe verkniff er sich weitere Schmerzenslaute. Nach Luft schnappend ließ er sich auf einen Stuhl fallen. Sein Gesicht wurde schneeweiß. Seine Augen hielt er geschlossen.

Erst jetzt wurde Chloe klar, was sie getan hatte. »Oh Gott«, stöhnte sie. Sie kniete vor ihm nieder. Ihre Hände flogen über seine Beine. Was sollte sie tun? Ob Kühlakkus halfen? »Es tut mir leid. Es tut mir leid«, stammelte sie. Sie legte ihre Hände auf seinen Oberschenkeln ab und strich darüber. Vielleicht linderte das den Schmerz. Der Kerl bestand nur aus Muskeln, und diese schienen aus Eisen zu sein. Sie schüttelte ihren Kopf. Unzüchtige Gedanken waren fehl am Platz. Sie hatte ihn gerade entmannt, nachdem sie ihn vor der ganzen Stadt lächerlich gemacht hatte. Was hatte sie sich nur dabei gedacht. Er hatte ihr nichts getan. Er war bloß ein Ventil gewesen. Für was auch immer.

»Chloe? Was tust du da?«

Seine Stimme riss sie aus ihren Gedanken. Immer noch strich sie vor Nervosität über seine Beine – hoch und runter. »Ich, ich …«, stammelte sie. »Ich dachte, das hilft, den Schmerz zu lindern.« Sie sah zu ihm hoch. Seine Gesichtsfarbe hatte sich normalisiert.

»Es hat durchaus geholfen.« Sein Blick glitt zu seinem Schritt, und Chloes folgte ihm.

Was sie sah, ließ sie ihre Augen aufreißen und knallrot anlaufen. Was versteckte er da in seiner Hose? Eine Waffe? Erschrocken sprang sie auf und brachte ein paar Meter Abstand zwischen sich und die Ausbuchtung in seiner Jeans.

Eric begann zu lachen. Es klang nicht böse, obwohl er jedes Recht der Welt gehabt hätte, stinksauer auf sie zu sein. Es klang im Gegenteil so, als ob er sich gerade prächtig amüsierte.

»Ich gehe dann mal lieber.« Er stand auf. »Bevor du mir noch eine Pfanne oder so was über den Schädel ziehst.«

»Ich könnte dir eine heiße Schokolade anbieten«, versuchte Chloe sich an einer Entschuldigung.

»Lass mal, Baby, mir ist jetzt nach etwas anderem Heißen.« Er warf einen letzten Blick auf seine Erektion, die immer noch nicht wesentlich kleiner geworden war, und schüttelte ungläubig den Kopf. Dann baute er sich ein letztes Mal vor Chloe auf, die wie erstarrt an der Theke lehnte. »Ich meine eine heiße Dusche, bevor du auf unziemliche Gedanken kommst«, raunte er ihr ins Ohr und streifte mit seinen Lippen ihre Wange. Dann brachte er sich schnell in Sicherheit.

Er hätte sich nicht zu fürchten brauchen, Chloe wäre nicht noch einmal zu so einer Attacke imstande, nicht, während sich seine Härte an ihren Bauch drückte. Sie musste sich darauf konzentrieren, nicht in Ohnmacht zu fallen.

*****

»Er wird niemanden finden, der etwas verrät, und sich wieder einkriegen«, versuchte Eve sie zu beruhigen. »Du wirst sehen, die Sache verläuft im Sande. Du hast die Lesungen über die Bühne gebracht, und sogar seine Mutter hat sich köstlich amüsiert. Du hast nichts falsch gemacht. Du hast nur eine Menge Geld eingestrichen. Und wenn du klug bist, schreibst du gleich ein Buch hinterher. Die Leute lieben Helen Levy.«

»Ich werde nie auch nur wieder einen Stift in die Hand nehmen«, giftete Chloe ihre Freundin an. »Ich glaube, es war ein Fehler. Ich glaube, ich habe ihm unrecht getan.«

»Wie bitte? Sag, dass ich mich verhört habe.«

»Ich sage ja nicht, dass er alles richtig gemacht hat, aber weshalb haben die Frauen sich so leicht von ihm einwickeln lassen? Viele haben es sogar darauf angelegt, mit ihm ins Bett zu gehen.«

»Er ist ja auch ein Sahneschnittchen.«

»Siehst du. Selbst du würdest ihn dir angeln, wenn du könntest.«

»Ich verstehe nicht, worauf du hinauswillst.«

»Ich will darauf hinaus, dass diese Frauen alle dachten, dass sie ihn retten könnten. Sie nahmen jedenfalls an, dass ein Mann wie Eric gerettet werden will. Dass er sich in sie verlieben würde, und sie ihn dann auf den Pfad der Tugend führen könnten. Aber ich bitte dich, Eve. Wir beide wissen doch, dass Männer wie Eric sich nie ändern. Es gibt nicht die eine, in die der Typ sich verlieben wird, um danach nie wieder andere Frauen anzuschauen. Er ist auf die Angebote eingegangen und hat mitgenommen, was sich angeboten hat. Wer kann ihm das zum Vorwurf machen.

Er hat die Frauen schließlich nicht zum Sex gezwungen.«

»Wow«, Eve lehnte sich in ihrem Stuhl zurecht. »Kämpfst du jetzt für die Rechte der Männer, oder was ist in dich gefahren?«

»Ich habe mir nur Gedanken gemacht, wie die andere Seite die Dinge wohl sieht.«

»Mit anderer Seite meinst du die männliche?«, hakte Eve nach.

Chloe nickte.

»Ich kann dir genau sagen, wie die männliche Seite das sieht. Rein, raus, ohne Rücksicht auf Verluste.«

Chloe sah ihre Freundin schockiert an. »Eve, du bist unmöglich.«

»Nur ehrlich.«

Chloe knabberte auf ihrer Unterlippe. Sollte sie Eve von ihrem nächtlichen

Zusammentreffen erzählen? Besser nicht. Eve kannte sie zu gut, sie würde sofort merken, dass Eric sie aus dem Gleichgewicht gebracht hatte. Für so etwas hatte sie einen Riecher.

»Jetzt schließ endlich ab und lass uns feiern gehen. Amy wartet im Pub auf uns.«

Eigentlich hatte Chloe keine große Lust, mit den beiden auszugehen. Aber sie hatte versprochen, den Erfolg ihrer Lesungen zu begießen. Der Haken dabei war, dass auch Eric regelmäßiger Stammgast in ihrem Lieblingspub war. Dabei wäre sie ihm am liebsten für den Rest ihres Lebens aus dem Weg gegangen.

»Hier gibt es einfach die besten Burger der Stadt«, stöhnte Amy. Genau wie Chloe war auch sie keine Einheimische, aber ein

Regenschauer hatte sie nach Crossville gespült und genau vor der Tür von Crossvilles begehrtestem Junggesellen Nummer zwei abgesetzt. Der hatte sie sich geschnappt. Das war jedenfalls Daniels Version der Geschichte. In Wirklichkeit hatte Amy sich auf eine Stellenanzeige als Historikerin beworben, um die Stadtchronik auf den neuesten Stand zu bringen. Ein verpeilter Makler und Dauerregen hatten dafür gesorgt, dass Amy obdachlos auf der Straße gestanden und Daniel sie gerettet hatte.

Chloe tunkte ihre letzten Pommes in den Ketchup. Die süßen Kekse, die sie den ganzen Tag vor der Nase hatte, konnten es mit einem ordentlichen Burger nicht aufnehmen.

Nachdem ihre Teller abgeräumt waren, und eine Runde Gin Tonic vor ihnen stand, sah Amy sie an. »Und machst du noch mehr Lesungen?«

»Bist du wahnsinnig. Ich bin froh, dass das ein Ende hat.«

»Das sagt sie bloß, weil Eric ihr leidtut«, verkündete Eve.

Amy bekam kugelrunde Augen. »Er hat dich um den Finger gewickelt.«

Damit hatte sie Eves volle Aufmerksamkeit. Sie rückte näher heran. »Nein, oder?«

Chloe schüttelte den Kopf. »Was denkt ihr von mir? Ich würde mich niemals von so einem Typen einwickeln lassen.«

Der Typ, von dem sie gerade sprach, rückte neben sie auf die Bank, auf der sie saß, und zwar für ihren Geschmack definitiv zu nah. Er gab ihr einen Kuss auf die Wange und verkündete, »Das hat sich gestern Abend ganz anders angefühlt. Ich finde, wir sollten das wiederholen.«

Fassungslos sah sie ihn an.

»Sie hat mit ihren Händen über meine Oberschenkel gestrichen und das …«

Mit einer Hand hielt sie ihm den Mund zu und mit der anderen leerte sie ihren Drink über seinem Schritt. »Kein Wort mehr«, zischte sie.

Eve, die gerade an ihrem Drink genippt hatte, prustete über den Tisch. Amy schüttelte ungläubig den Kopf. Eric schob ihre Hand von seinem Mund. »Wer hätte gedacht, dass du so temperamentvoll bist. Ich jedenfalls nicht.« Er wischte über den nassen Fleck auf seiner Hose. »Erstaunlich, was deine Wutausbrüche für eine Wirkung auf mich haben.«

Eve brach in ein Lachen aus, was ihnen die Aufmerksamkeit des ganzen Pubs bescherte.

»Es ist arschkalt draußen. Ich finde, du bist es mir schuldig, mich nach Hause zu fahren.«

»Das werde ich ganz sicher nicht tun.«

»Und ich werde dir keine Wahl lassen, schließlich bist du schuld an dem hier.« Er wies schon wieder auf seinen Schritt.

Sie wurde rot. Langsam entwickelte sich das zum Running Gag. Weshalb reagiert er auch so übertrieben. Etwas stimmte nicht mit diesem Mann.

»Du sollst mich nur fahren, Chloe. Das ist kein unmoralisches Angebot.«

»Ruf dir ein Taxi.«

Er legte einen Arm um sie, was eindeutig zu nah war. Sein blondes Haar kitzelte an ihrer Wange. »Siehst du, wer da an der Bar steht?« Sie folgte seinem Finger. »Ben, der einzige Taxifahrer der Stadt, und wenn ich richtig gezählt habe, hatte er heute schon mehr als fünf Drinks. Seine Frau hat ihn verlassen und das feiert der Glückliche. Willst du wirklich, dass ich zu ihm ins Auto steige?«

»Nein.«

»Dann sind wir uns ausnahmsweise mal einig. Du hast schließlich noch nichts getrunken, sondern es vorgezogen, deinen Gin über mir auszuschütten.«

Chloe stand abrupt auf. »Na los. Du lässt ja eh nicht locker. Ich bin gleich wieder da«, wandte sie sich an ihre Freundinnen. »Ihr wartet hier.«

»Lasst euch Zeit«, erwiderte Eve anzüglich.

»Du bist eine echte Freundin«, antwortete Eric an ihrer statt und legte einen Arm um Chloe, den sie umgehend abschüttelte.

»Du könntest die Heizung etwas hochdrehen«, schlug Eric vor, als sie im Auto saßen. »Meinem kleinen Freund ist kalt.«

»Da ist dein kleiner Freund selbst dran schuld.«

»Das findet er nicht, und ich weiß nicht, was du gegen ihn hast, du kennst ihn ja nicht mal.«

Amy schnappte nach Luft. »Ich will ihn auch nicht kennenlernen.«

»Sag das nicht.«

Chloe kniff die Lippen zusammen und schwor sich, kein Wort mehr zu sagen. Sie starrte durch die Windschutzscheibe, spürte aber genau, wie Erics Blick über ihren Körper glitt. Ohne dass sie es steuern konnte, verselbstständigte er sich und begann zu kribbeln. »Verräter«, brummte sie.

»Kommst du mit rein?«

»Sicher nicht. Schon vergessen? Meine Freundinnen warten auf mich.«

»Dann musst du hier draußen warten, und es ist nicht besonders kuschelig in dieser Schrottkarre.«

»Beleidige nicht mein Auto«, wies sie ihn zurecht. »Da bin ich empfindlich. Und weshalb sollte ich warten?«

»Um mich wieder mit zurückzunehmen, oder dachtest du, ich will meinen Abend mit meiner Mom verbringen?«

Chloe kicherte.

»Was ist daran so witzig?«

»Du wohnst noch bei deiner Mutter. Wie alt bist du noch mal?«

»Älter als du«, verkündete er missmutig. »Was man schon daran bemerkt, dass ich nicht so albern bin.«

Chloe lachte laut los. »Du bist eingeschnappt.«

»Bin ich nicht. Ich finde nur nichts dabei, bei meiner Mutter zu wohnen. Das Haus ist groß genug, und wenn du mit reinkommst, zeige ich dir mein Zimmer.«

Sie wedelte mit den Armen. »No way.«

»Jetzt hab dich nicht so. Mom ist zu Hause, und sie wird wie Zerberus über dich wachen.«

»Seit wann kennst du dich mit griechischer Mythologie aus?«

Eric verdrehte die Augen, und sie konnte sich des Eindrucks nicht erwehren, dass er langsam die Geduld mit ihr verlor.

»Okay. Ich komme schon mit.« Ellen Hallo zu sagen, konnte ja nichts schaden.

»Warum nicht gleich so.«

Ellen begrüßte sie mit einem Lächeln und ihren Sohn mit einem vorwurfsvollen Blick auf die Hose. »Ich hoffe, das ist nicht das, was ich denke.«

Chloe lief rot an und schüttelte den Kopf. »Ich habe ihm meinen Drink über die Hose gekippt. Aus Versehen«, setzte sie hinzu.

»Ich gehe mich kurz umziehen.« Eric drückte seiner Mutter einen Kuss auf die Wange. »Pass du auf Chloe auf, sie hat Angst, dass ich über sie herfalle und sie vernasche.«

Ellen schüttelte belustigt den Kopf, was Chloe zu der Frage veranlasste, was diese an den Geschichten im Buch nicht verstanden hatte. Sollte eine Mutter ihrem Sohn nicht beibringen, wie man mit Frauen umzugehen hatte?

»Magst du einen Kaffee?«

Chloe folgte ihr in die gemütliche Küche. »Gern.«

»Er ist gar nicht so schlimm wie in deinem Buch.«

»Es ist nicht mein Buch«, verteidigte sie sich instinktiv und bekam ein schlechtes Gewissen, weil sie Ellen anlog. Sie mochte die Frau. Sie kam regelmäßig zu den Leseabenden, die sie im Laden veranstaltete, und sie hatte mit den Frauenrunden viel Spaß. Montag hielt sie die Runden für die älteren Frauen ab.

»Er ist ein bisschen wild. Ich schätze, das liegt daran, dass er keinen Vater hatte. Manchmal denke ich, dass er sich längst hätte binden sollen. Aber er will mich nicht allein lassen.

So hatte Chloe das noch nicht betrachtet. Sie hatte angenommen, dass Eric viel zu bequem war, um auszuziehen und sich um sich selbst zu kümmern. Außerdem war es so viel einfacher, nach einem Schäferstündchen abzuhauen und nach Hause zu fahren.

Sie trank ihren Kaffee, während Ellen ihr eine Anekdote von Annies Tochter Kathy erzählte. Der kleine Wildfang schien ganz Clancy House auf Trab zu halten.

Eric kam zurück in die Küche. »Ich hoffe, sie hat dir keine Fotos von mir als kleiner Junge gezeigt?«, fragte er verschmitzt.

»So weit waren wir noch nicht.« Sie musterte ihn. Eric trug jetzt eine schwarze Jeans und ein ziemlich enges weißes T-Shirt. »Was ist das? Deine Aufreißerkluft?«

Er lachte laut auf. »Wenn du willst, kannst du es gern so nennen. Bekommst du Appetit?«

»Eher gefriert die Hölle.« Ein merkwürdiges Gefühl bemächtigte sich ihrer. Wenn sie es nicht besser gewusst hätte, hätte sie vermutet, dass es Eifersucht war. Eifersucht, auf die Frau, die sich heute

Nacht an diesem Körper erfreuen konnte. Oh Gott – jetzt schweiften ihre Gedanken schon wieder ab, und Eric sah sie mit diesem Ausdruck an, als könnte er jeden einzelnen lesen. Hitze kroch ihren Hals hinauf.

Er griff nach ihrer Hand und zog sie vom Barhocker, auf dem sie saß. Er warf seiner Mutter eine Kusshand zu und lief mit Chloe zum Auto. Ihre Hand ließ er nicht los, und sie war froh, dass es nur so ein kurzer Weg war.

»Das nenne ich mal einen Quickie«, begrüßte Eve sie, als sie zurück in den Pub kamen.

Während Eric auflachte und sich wieder viel zu nah neben sie setzte, schüttelte Chloe empört den Kopf. »Wie viel habt ihr inzwischen getrunken?«

»Zu viel«, ließ Daniel sich vernehmen und rutschte mit einer neuen Runde neben Amy.

Eve griff sich einen Drink und murrte. »Was soll ich auch sonst tun. Ihr sitzt hier mit zwei heißen Typen und mir bleibt nur mein Freund der Alkohol.«

»Ich sitze hier auch nicht mit einem heißen Typen«, begehrte Chloe auf.

»Das sehe ich ganz anders.« Eric legte ihr einen Arm um die Schulter und zog sie näher zu sich heran, was sich ausnehmend gut anfühlte. Er nahm ihr den frischen Drink aus der Hand. »Den bringe ich lieber in Sicherheit.«

»Brauchst du nicht, ich verspreche, mich zu benehmen.«

»Meinst du wirklich, du kannst dein Temperament zügeln.«

»Kann ich.«

Er musterte sie von oben, und Chloe bemerkte zum ersten Mal, dass er für einen Mann erstaunlich lange Wimpern hatte. »Das ist fast schade.«

»Du musst dich schon entscheiden.«

»Ich überlege noch.«

»Okay.«

Die nächsten Stunden vergingen wie im Fluge, und Chloe fragte sich, wann sie sich das letzte Mal so amüsiert hatte. Sie konnte sich nicht erinnern. Das lag zum einen an Erics und Daniels amüsanten Geschichten zum anderen an den Drinks. Sie würde morgen einen schrecklichen Kater haben. Es stellte sich heraus, dass Eric Psychologie und Journalismus studiert hatte und zwei Jahre als Reporter in aller Welt unterwegs gewesen war. Mit seinen fast dreißig Jahren hatte er ziemlich viel gesehen, und sie hatte gedacht, dass er sein Leben als Stallbursche bei den Clancys gefristet hatte.

Im Laufe der Nacht hatte er sie, beabsichtigt oder unbeabsichtigt, immer näher zu sich herangezogen. Es konnte auch sein, dass sie zu ihm gerutscht war. Chloe konnte sich nicht erinnern. Sie wusste nur, dass er sich phänomenal anfühlte, selbst durch ihren Pullover und sein T-Shirt. Wenn sie sich erst vorstellte, ihn nackt auf ihrer Haut zu spüren … Seine Finger wanderten über ihren Rücken, obwohl er in eine Diskussion mit Daniel und Eve vertieft war.

Sie sprang auf. »Ich muss los.«

Eric sah sie unsicher an. »Alles in Ordnung?«

»Ja. Ich muss nur los. Es ist spät.«

»Fahren kannst du jetzt aber nicht mehr.«

»Ich weiß. Ich habe es ja nicht weit.«

»Ich bringe dich.«

»Das ist nicht nötig.« Auf keinen Fall wollte sie, dass er sie nach Hause brachte. Mehr Klischee ging ja wohl nicht.

»Du brauchst gar nicht mit mir diskutieren. Er griff nach seiner Jacke und legte ein paar Dollarscheine auf den Tisch.

Hilfe suchend sah Chloe zu Eve und Amy. Doch die taten so, als wäre nichts dabei, dass Herzensbrecher Nummer eins sie nach Hause brachte.

Die frische Luft gab ihr den Rest. Sie taumelte, und hätte Eric sie nicht festgehalten, wäre sie direkt vor dem Pub zu Boden gegangen. Er legte seinen Arm um ihre Taille und bugsierte sie langsam durch die Straßen zu ihrem Zuhause. Wenn sie ehrlich war, trug er sie fast.

Vor ihrer Tür angelte sie den Schlüssel aus ihrer Jacke, und versuchte aufzuschließen. Leider war das Schlüsselloch geschrumpft. Sie konnte es nicht finden. »Wo bist du, du schlüpfriges Scheißerchen?«, rutschte es ihr heraus.

Eric, der ihre erfolglosen Versuche grinsend beobachtet hatte, nahm ihr den Schlüssel aus der Hand, und nur Sekunden später stand ihre Tür offen. »Du bist mein Held des Abends«, verkündete sie und trat ein. Das war der Moment, in dem ihr übel wurde. So übel, dass sie es gerade noch ins Bad schaffte, wo sie sich in ihre Toilettenschüssel übergab. Nach einer Weile registrierte sie, dass Eric hinter ihr kniete und sie festhielt. Außerdem hielt er ihr das Haar aus dem Gesicht. Der Moment war an Peinlichkeit nicht zu überbieten. Sie stemmte sich hoch. Eric griff nach einem Handtuch und säuberte ihr Gesicht. Chloe nahm sich vor, niemals wieder ihre Augen zu öffnen und überhaupt nie wieder auf die Straße zu gehen.

Er drückte ihr ein Glas Wasser in die Hand. »Mund ausspülen«, befahl er.

Sie hörte, wie er ihren Badschrank öffnete und etwas heraussuchte. Er würde ihre Tampons und die nicht angebrochene Schachtel Kondome sehen, die Steve vergessen hatte. Aber das war jetzt auch schon egal.

Er warf eine Aspirin in ein zweites Glas. »Dann geht es dir morgen nicht ganz so schlecht.«

Gehorsam trank sie aus.

»Besser?«

Chloe nickte.

»Machst du deine Augen heute noch mal auf?«

Sie schüttelte den Kopf, was zu einem neuen Schwindelanfall führte.

Eric lachte leise und nahm sie mit einem Schwung auf den Arm. Er brachte sie in ihr Schlafzimmer und legte sie aufs Bett.

Bevor sie protestieren konnte, zog er ihr ihren Pullover aus. Als er sich an ihrer Hose zu schaffen machte, schlug sie mit der Hand nach ihm.

»Stell dich nicht so an, oder willst du mit Hose schlafen? Ich vergreife mich nicht an betrunkenen Frauen.«

»Ich bin nicht betrunken«, protestierte sie und ließ sich von ihm aus ihrer Hose helfen. Fürsorglich wickelte er sie in ihre Decke und gab ihr einen Kuss auf die Stirn. »Ich warte draußen, bis du eingeschlafen bist. Ruf mich, wenn du was brauchst.« Er löschte das Licht.

»Eric?«

»Ja?«

»Du bist gar nicht so ein schlechter Kerl, wie ich dachte.«

Er lachte. »Und du nicht so harmlos, wie ich dachte.«

Chloe schmiegte sich lächelnd in ihr Kissen und schlief ein.

5. Kapitel

Das böse Erwachen kam am nächsten Tag. Sie vergrub ihren schmerzenden Kopf in ihren Kissen. Was hatte sie sich bloß dabei gedacht. Sie musste die Stadt verlassen, oder sich bei ihm entschuldigen. Beides undenkbare Optionen. Weshalb hatte sie so viel getrunken? Das tat sie sonst nie. Und wie spät war es eigentlich? Sie tastete nach ihrem Handy, wenigstens lag das auf ihrem Nachtschrank. Sie versuchte, die Zeit zu entziffern, und sprang auf. Es war neun Uhr durch. Um zehn musste sie das Cookiebooks öffnen, und wahrscheinlich sah sie grauenvoll aus. Sie fragte sich, wie sie den Tag überstehen sollte. Sie wankte ins Bad. Von dem nächtlichen Desaster war nichts zu sehen. Eric würde doch nicht ihr Badezimmer gereinigt haben? Das wurde ja immer schlimmer. Wieso war der Kerl gar nicht so ein Arschloch, wie sie gedacht hatte? Oder war das seine Masche?

Sie sah in den Spiegel und stöhnte. Sie sah aus wie eine Vogelscheuche. So schnell es ihr Zustand erlaubte, duschte sie, band ihre Haare zu einem Zopf und schlüpfte in ihre Lieblingsjeans und einen warmen Pullover. Egal, wie sie es drehte und wendete, sie musste in ihr Café, und sie hoffte, dass Eric nicht auftauchte.

Natürlich hatte sie die Rechnung ohne den Wirt gemacht. Eric lehnte mit einem Becher Kaffee neben dem Eingang und sah ihr entgegen.

»Was willst du denn schon wieder?«, fuhr sie ihn an.

»Ich wünsche dir auch einen schönen guten Morgen, Chloe. Wohl mit dem falschen Bein aufgestanden?«

»Mit dem falschen Körper«, knurrte sie und schloss auf.

»Oh, nachdem, was ich letzte Nacht gesehen habe, ist absolut nichts daran auszusetzen. Ich hatte gedacht, du bist viel molliger. Nur aus Interesse. Weshalb trägst du so oft diese unförmigen Latzhosen? Wolltest du eigentlich Bauarbeiter werden?«

»Sie sind bequem.«

»Ich dachte schon, damit willst du dir Männer vom Hals halten«, feixte er.

Damit traf er zwar den Nagel auf den Kopf, aber das musste sie ihm ja nicht auf die Nase binden.

Sie zog die Vorhänge auf und machte das Licht in der Küche an. Eric machte es sich auf einem ihrer Stühle gemütlich.

»Was soll das?«

»Ich habe dich gewarnt. Ich weiche nicht von deiner Seite, solange ich nicht weiß, wer diese Dinge über mich geschrieben hat.«

Chloe kniff ihre Augen zusammen. »Musst du nicht arbeiten?«

»Ich habe mir freigenommen.«

»Wie lange?«

»So lange wie nötig.«

Sie stöhnte. »Das halte ich heute nicht aus.«

Eric war schneller an ihrer Seite, als sie gucken konnte. Er schüttelte den Kopf. »Du hättest zu Hause bleiben sollen.« Fürsorglich drückte er sie in einen kleinen Sessel. »Ich mache dir erst mal einen Kaffee.«

»Das klingt gut«, murmelte sie. Früher hatte ihre Tante Mae sich um sie gekümmert, aber seit sie sich nach Hawaii verkrümelt hatte, gab es niemanden mehr.

Eric hantierte an ihrer Kaffeemaschine herum und brachte ihr tatsächlich einen köstlichen, heißen Latte macchiato.

»Danke schön.«

»Immer gern.«

Chloe nahm einen Schluck. Das war schon viel besser. Sie schloss die Augen. Als sie sie wieder öffnete, lehnte Eric sich zu ihr. Mit einem Finger wischte er ihr sanft Milchschaum von der Lippe. Chloe schluckte. Seine Augen hielten ihre gefangen.

Die Ladenglocke ertönte, und Chloe wollte aufspringen.

»Bleib sitzen.« Als wäre es das Normalste der Welt, verkaufte er Kaffee und ein paar Cookies.

»Ich verstehe das nicht.«

»Was?«

»Warum bist du so nett?«

»So bin ich eben.«

»Aber das habe ich …« Sie unterbrach sich selbst. »Das steht nicht im Buch.«

»Und das wundert dich?«

Chloe stand auf. »Es ist ja auch egal, von mir erfährst du nichts, weil ich nämlich gar nichts weiß.«

»Ich bin mir sicher, dass du lügst.«

»Das tue ich nicht, und jetzt lass mich in Ruhe, ich muss backen.«

»Ich helfe dir.« Er krempelte die Ärmel seines Hemdes hoch, und sehnige Unterarme kamen zum Vorschein.

»Du kannst doch gar nicht backen. Du stehst nur im Weg.«

»Ich konnte Kaffee kochen, oder nicht?«

»Da brauchtest du auch nur auf ein paar Knöpfe drücken. Zum Backen braucht man Gefühl.«

»Ich kann auch überaus gefühlvoll sein, wenn man mich lässt.«

»Du machst mich schwach.«

»Das ist mein Plan.«

Chloe schüttelte den Kopf und lächelte. Der Mann war ein Charmeur, wie er im Buche stand. Casanova würde vor Neid erblassen. Chloe tat Abbitte an die Frauen, denen sie insgeheim vorgeworfen hatte, sich ihm an den Hals zu schmeißen. Ihm zu widerstehen, erforderte einen fast unmenschlichen Willen. Sie wusste genau, dass er es darauf anlegte, sie zu zermürben.

»Okay«, beschloss sie. »Dann backen wir.«

»Sag ich doch. Warum nicht gleich so?«

Chloe sammelte die Zutaten zusammen, die sie benötigte.

Ganz ungeschickt stellte er sich tatsächlich nicht an, und Chloe musste zugeben, dass Backen zu zweit viel mehr Spaß machte. Während sie den Cookieteig vorbereitete, mixte Eric einen Plätzchenteig zusammen. Es dauerte eine Weile, bis sie bemerkte, dass er das Rezept veränderte.

»Was machst du da?«

»Eine eigene Kreation.«

»Du kannst nicht einfach was verändern. Die Rezepte sind noch von Mae.« Das hatte sie jetzt davon. Wahrscheinlich konnte sie das alles wegschmeißen.

»Warte ab.« Er gab noch ein bisschen Vanille und Kokos in den Teig. Dann roch er daran und nahm einen Klecks auf die Spitze seines Zeigefingers. Den hielt er ihr unter die Nase. »Koste.«

Der Kerl musste den Verstand verloren haben. Sie würde ganz sicher nicht seinen Finger … Er stupste mit dem Teigfinger an ihre Unterlippe. Im Grunde war ja nichts dabei. Chloe öffnete den Mund und schleckte den Teig von seinem Finger. Er war köstlich, der Geschmack explodierte auf ihrer Zunge. Er hatte etwas Chili hineingetan. Allerdings war das Gefühl, das sie durchrieselte, als ihr bewusst wurde, dass sie an seinem Finger saugte, fast noch köstlicher.

Seine blauen Augen funkelten, während er ihr zusah. Langsam zog er seinen Finger zurück.

»Das war sehr lecker«, flüsterte sie. Der Teig musste etwas mit ihrem Sprachzentrum angestellt haben.

»Möchtest du mehr?«

Chloe nickte.

Eric drückte sie gegen den Kühlschrank und senkte seine Lippen auf ihre. Das hatte sie eigentlich nicht gemeint. Ihre Beine drohten unter ihr wegzuknicken. Aufreizend langsam strich er mit seinen Lippen über ihre. Sie konnte ein Seufzen nicht unterdrücken. Ihr Herz pochte schmerzhaft in ihrer Brust. Sie sollte ihn wegdrücken. Leider versagten ihr ihre Glieder den Dienst. Es war, wie die Frauen erzählt hatten. Eric küsste traumhaft gut. Sein Kuss war fest und sanft zugleich. Und verlockend, viel zu verlockend. Dieser Kuss versprach mehr, und Chloe wurde von Verlangen überwältigt. Sie klammerte sich an ihm fest, während er sich an sie presste.

Die Glocke des Cafés rettete sie in dem Moment, in dem Erics Hände unter ihrem Pullover auf Erkundungstour gingen. Nur mit Mühe gelangte sie zurück in die Realität. Sie konnte ihn nicht ansehen. Schnell ordnete sie ihre Haare und rannte fluchtartig nach vorn.

Glücklicherweise benötigte die Kundin eine längere Beratung. Sie suchte ein Buch für ihre pubertierende Tochter. So hatte

Chloe Zeit, sich zu sammeln. Blöderweise erlosch das Verlangen nicht, das sich in ihrem Magen eingenistet hatte. Sie konnte unmöglich zurück in die Küche. Sie musste erst zur Vernunft kommen, auch wenn sie den Eindruck hatte, dass jede Zelle ihres Körpers nach diesem Mann schrie.

Als die Kundin sich verabschiedet hatte, sortierte sie ein paar Regale, schichtete Cookies an der Theke um, und reinigte den Filter ihrer Kaffeemaschine. Dann konnte sie den peinlichen Augenblick nicht länger hinauszögern.

Sie betrat die Küche. Eric hatte sich die Blümchenschürze ihrer Tante Mae umgebunden und summte leise zum Takt der Musik. Dabei stach er herzförmige Plätzchen aus, als hätte er nie etwas anderes gemacht.

»Es muss dir nicht peinlich sein«, sagte er, ohne aufzusehen.

»Was?«

»Es war nur ein Kuss, Chloe. Es ist nicht schlimm, wenn du es magst, geküsst zu werden. Die meisten Menschen mögen es.«

Er hatte es gespürt. Sie würde einen Körpertausch beantragen – irgendwo ging das bestimmt, oder eine Gehirntransplantation.

»Es war ganz nett«, raunte sie.

Verschmitzt sah er sie an. »Willst du mich beleidigen?«

»Willst du nicht verschwinden?«

»Erst, wenn ich zu Ende gebracht habe, wofür ich gekommen bin.«

Schockiert sah sie sich um, während sich in ihrem Körper erwartungsvolles Kribbeln ausbreitete. Er wollte sie doch nicht etwa hier …

Eric lachte und hatte Mühe, sich zu beruhigen. »Ich meine die Plätzchen, Baby. Nur die Plätzchen.«

Am liebsten hätte sie das Nudelholz genommen und ihm damit eins übergezogen. Allerdings las er ihr auch diesen Mordgedanken vom Gesicht ab und brachte das Gerät außer Reichweite.

Dann schob er ein letztes Blech in ihren Ofen und band die Schürze ab. »Sie brauchen nur fünfzehn Minuten. Ich verschwinde jetzt.«

Sie nickte und fragte sich, weshalb sie nicht erleichtert war.

Eric trat an sie heran. Seine Lippen streiften ihre Wange. »Die Kondome in deinem Bad, die sind übrigens abgelaufen. Das fand ich ziemlich interessant.«

Sie glaubte, sich verhört zu haben. Ein letztes Mal presste er fordernd seine Lippen auf ihre, dann ließ er sie stehen.

Ausgelaugt sank sie auf dem Boden ihrer Küche zusammen. In was hatte sie sich da hineinmanövriert?

Eric tauchte den ganzen Tag nicht wieder auf, obwohl Chloe bei jedem Glöckchenklingeln nervös zur Tür sah. Was heckte er jetzt wohl aus?

Als sie am Abend den Laden schloss, fühlte sie sich fix und fertig, was nicht daran lag, dass sie sich körperlich verausgabt hatte. Sie war sich vollkommen klar darüber, dass es eine eher emotionale Angelegenheit war. Etwas, was sie vor einem Jahr aus ihrem Leben verbannt hatte. Nach Steve hatte sie sich geschworen, sich niemals wieder so stark auf einen Mann einzulassen, und nun kroch dieses vermaledeite Gefühl in ihr hoch. Sie lehnte ihren Kopf gegen die geschlossene Tür ihres Geschäftes und atmete tief durch. Sie würde nach Hause gehen, eine riesige Portion Cookie Dough verspeisen und Bridget Jones zum einmillionsten Mal schauen. Weshalb gab es keinen Mister Darcy in ihrem Leben?

»Ich würde dich gern zum Essen ausführen.«

Chloe fuhr herum. Eric stand im Schatten. Er trug einen kurzen schwarzen Mantel und hatte sich gegen die Kälte einen grauen Schal um den Hals geschlungen. Sein blondes Haar stand strubbelig von seinem Kopf ab. Er trat einen Schritt auf sie zu. Sein Atem formte weiße Wölkchen in der Luft.

Chloe spürte, wie ihre Hände zu zittern begannen, während sie die Tür abschloss und sich eine Antwort überlegte.

Sein letzter Schritt überwand auch die letzte Distanz zwischen ihnen. »Ich werde kein Nein dulden. Du bist mir etwas schuldig.«

Sie wusste zwar nicht, was er damit meinte, doch sie wusste, dass sie es sowieso nicht schaffen würde, ihn fortzuschicken.

Er griff nach ihrer Hand. Schweigend legten sie den Weg zu dem einzigen italienischen Restaurant zurück, das Crossville zu bieten hatte. Sie war das letzte Mal mit Mae hier gewesen. An dem

Abend hatte sie ihr gesagt, dass sie nach Hawaii ziehen würde, und dass sie ihr den Laden anvertraute.

Eric bestellte eine Flasche Wasser und eine Flasche Rotwein, obwohl Chloe sich heute früh vorgenommen hatte, niemals wieder Alkohol anzurühren. Als er ihr ein Glas zuschob, trank sie trotzdem einen Schluck. Sie hatte das Gefühl, dass sie jegliche Unterstützung gebrauchen konnte.

»Hast du es dir überlegt«, fragte er und beugte sich über den Tisch.

Chloe fragte sich, weshalb die Tische in diesem Restaurant so winzig waren. Ihre Antwort erhielt sie eine Minute später. Erics Fuß wanderte unter der bodenlangen Tischdecke ihren Unterschenkel hinauf.

»Das tust du nicht gerade wirklich?«

»Gefällt es dir?«

Ihr fiel auf, dass sich auf seinen Wangen kleine Grübchen bildeten, als er lächelte.

»Natürlich nicht«, zischte sie und presste ihre Beine zusammen, was ihn zwang, seinen Fuß zurückzuziehen.

»Schade«, er zuckte mit den Schultern und grinste diabolisch. »Die meisten mögen es.«

Sie schnappte nach Luft und versuchte, die Schmetterlinge, oder besser den Bienenschwarm in ihrem Bauch zu ignorieren.

»Also, verrätst du mir ihren Namen?«

Chloe schüttelte den Kopf.

»Du kannst nicht genug von mir bekommen, oder?«

Der Kellner stellte die Antipasti vor ihnen ab, und Eric reichte ihr den Brotkorb.

»Ich wünschte, du würdest dich in Luft auflösen.« Sie sagte das nicht mit der Vehemenz, wie sie eigentlich wollte, und blöderweise glaubte er ihr kein Wort.

»Das hat sich in deiner Küche nicht so angefühlt.«

»Das war ein kurzer schwacher Moment. Du hast mich mit deinem Plätzchenteig verführt, das war unfair.«

»Ich weiß.«

»Was willst du von mir, Eric?«

»Da bin ich mir noch nicht sicher. Du bist für mich schwer einzuschätzen.«

»Und das reizt dich.« Es war mehr eine Feststellung als Frage.

Er nickte.

Wenigstens spielte er mit offenen Karten. Steve hatte ihr ständig etwas über seine unsterbliche Liebe vorgesäuselt, bis sie ihn mit seiner Sekretärin in ihrem eigenen Bett erwischt hatte. Wochenlang hatte sie gedacht, dass sie sterben müsste. Sie wollte das nicht noch einmal erleben. Mit der Liebe hatte sie abgeschlossen. Sie stocherte in ihren Nudeln herum und versuchte, die Tränen, die ihr in die Augen stiegen, zu unterdrücken. Wieso hatte sie nach so langer Zeit immer noch dieses Gefühl, wenn sie sich daran erinnerte? Es hatte nichts mehr mit Steve zu tun, sondern eher mit Scham. Scham darüber, sich einem Menschen vorbehaltlos anvertraut zu haben.

»Nicht alle Männer sind wie Steve, Chloe.« Eric griff nach ihrer Hand.

Sie nickte, ohne ihn anzuschauen. »Das sagt gerade der Richtige.«

»Ich habe den Frauen nie etwas vorgemacht.«

»Ist okay, Eric. Vor mir musst du dich nicht rechtfertigen.«

»Ich rechtfertige mich nicht. Ich möchte nur, dass du weißt, dass es da draußen eine Menge anderer Männer gibt, die froh wären, eine Frau wie dich zu haben.«

Chloe schluckte und blickte ihn an. Kurz wischte sie sich über die Augen. Er lächelte nicht, sah ihr nur in die Augen. Fast konnte man meinen, er meinte es ernst.

»Lernt man das irgendwo? Gibt es dafür eine spezielle Männerakademie? Du musst im Fach Manipulation Bestnoten gehabt haben.«

Abrupt ließ er ihre Hand los, und zum ersten Mal zeichnete sich echter Zorn in seinen Zügen ab.

Herzlichen Glückwunsch, Chloe. Du hast ihn aus der Reserve gelockt. Es fühlte sich leider total falsch an.

Schweigend nahmen sie den Rest des Essens ein. Eric zahlte und half ihr in den Mantel.

Wenigstens war er so höflich und brachte sie bis zu ihrem Haus. Er verabschiedete sich mit einem kurzen Kopfnicken und verschwand in der Dunkelheit.

Er würde nicht wieder auftauchen, so viel war sicher und sie konnte in die Ruhe und Eintönigkeit ihres Alltags abtauchen.

6. Kapitel

»Du kannst nicht länger Trübsal blasen, Chloe. Heute kommst du mal wieder mit in den Pub. Du hast dich zwei Wochen vergraben.«

Chloe wusste, dass Eve diesmal nicht locker lassen würde. Sie hatte sie viel zu oft vertröstet, aber am liebsten hätte sie sich irgendwo eingebuddelt. Auf keinen Fall wollte sie Eric über den Weg laufen.

»Willst du mir immer noch nicht erzählen, was passiert ist? Und erzähle mir nichts von dem Quatsch, dass du an einem neuen Buch schreibst. Rico hat Mable gesagt, dass du und Eric in seinem Restaurant wart.«

In dieser Stadt konnte man weder ein Geheimnis haben noch seine Ruhe.

»Okay. Ich komme mit.« Ewig konnte sie sich sowieso nicht verstecken. Dieser Tag war so gut wie jeder andere, um sich ihren Verfehlungen zu stellen.

Eve umarmte sie. »Gut, ich hole dich ab, und schmeiß dich in Schale.« Sie blickte naserümpfend auf ihre ausgebeulte Latzhose.

»Was?«

Eve verkniff sich jeden weiteren Kommentar.

Chloe schloss pünktlich den Laden und ging nach Hause. Sie duschte und enthaarte gründlich ihre Beine. Dann schminkte sie sich und verwarf unzählige Outfits. Schließlich entschied sie sich für einen knielangen, engen Wollrock, hohe Stiefel und ein schmales schwarzes Oberteil mit etwas zu gewagtem Ausschnitt. Falls sie Eric über den Weg lief, wollte sie wenigstens gut aussehen. Sie wollte gar nicht tiefer über die Gründe für dieses Bedürfnis nachdenken. Viel mehr beschäftigte sie die Frage, ob sie sich bei ihm entschuldigen sollte.

Eve holte sie pünktlich ab, und gemeinsam schlenderten sie zum Pub. Je näher sie dem vertrauten Etablissement kamen, umso nervöser wurde Chloe. Ihre Handflächen wurden feucht, und am liebsten wäre sie zurückgerannt und hätte sich zwischen ihren Decken verkrochen.

»Zappel nicht so«, befahl Eve. »Zeig ihm, dass er dir gestohlen bleiben kann.«

Chloe stöhnte. Ihre Freundin kannte sie zu gut. Weshalb war sie so leicht durchschaubar.

»Wir trinken jetzt was, und du entspannst dich. Lass dich nicht verrückt machen.«

Chloes Blick durchmaß den kleinen Raum, der sich vor ihr auftat. Eric war nirgendwo zu sehen, was sie einerseits enttäuschte, andererseits auch erleichterte. Sie rutschte neben Annie und ließ sich von Kathys neuesten Streichen berichten. Keiner ihrer Freunde erwähnte Eric auch nur mit einem Wort. Chloe spürte, wie sie sich langsam entspannte.

Als sie das nächste Mal zur Bar blickte, sah sie ihn. Sein Blick war auf sie gerichtet, obwohl er einen Arm um eine üppige Blondine gelegt hatte.

Warum überraschte sie das nicht? Wut stieg in ihr hoch. Hatte sie sich wegen dieses Kerls zwei Wochen lang gequält? Hatte sie sich seinetwegen heute in Schale geschmissen? Hatte sie gar nichts gelernt?

»Ich habe genug für heute«, verkündete sie. »Ich gehe.«

»Aber es wird doch erst lustig, Chloe«, widersprach Eve. »Wir haben noch gar nicht getanzt.«

»Ich bin ziemlich müde.« Sie stand auf und griff nach ihrer Jacke. Dann rannte sie auf die Straße. Es fühlte sich nach Flucht an.

Mit schnellen Schritten lief sie durch die Kälte. Sie wollte nur noch nach Hause in ihr Bett.

Sie hatte ihre schützende Höhle fast erreicht, als eine Hand sie herumriss. Mit einem Aufschrei taumelte sie an eine Brust. Seine Brust. Erics Hände gruben sich in ihr Haar. Sein Mund suchte ihre Lippen und küsste sie gierig. Er presste sie an seinen Körper. Seine Lippen bewegten sich in einem so sinnlichen Rhythmus auf ihren, dass es sie bis in die Zehenspitzen erregte. Sie umklammerte seine Schultern, hielt sich an ihm fest. Dann ließ er sie los. »Entschuldige. Ich wollte dich nicht so überrumpeln.« Seine Stimme klang rau.

»Ist schon okay.«

Eric schwieg. Stumm standen sie sich gegenüber. Er strich ihre eine Haarsträhne aus dem Gesicht.

»Ich wollte dir eigentlich sagen, dass es keine solche Männerakademie gibt.«

Chloe lachte leise auf. »Das habe ich mittlerweile auch schon herausgefunden.«

Fragend hob er seine Augenbrauen.

»Ich hab's gegoogelt, aber bis auf Hitch – der Datedoktor habe ich nichts Hilfreiches gefunden.«

»Beherrscht er bessere Tricks als ich?«

Chloe wackelte mit dem Kopf. »Ein paar sind ganz gut.«

»Dann sollten wir den Film unbedingt mal zusammen anschauen. Vorausgesetzt, du findest Will Smith nicht attraktiver als mich.«

»Er kann dir nicht das Wasser reichen.«

»Du warst noch nie eine gute Lügnerin. Daran müssen wir arbeiten.«

»Sind wir wieder Freunde?«, fragte sie vorsichtig.

»Möchtest du das denn?« Er nahm ihr Gesicht in beide Hände.

»Freunde kann man nicht genug haben, oder?«, stellte sie mit zitternder Stimme fest.

»Das stimmt. Allerdings küssen sich Freunde nicht so.«

»Sagt wer?«

Er senkte seine Lippen auf ihre. »Stimmt auch wieder. Wir könnten die Regeln ändern.«

»Wäre mir recht«, murmelte sie.

Viel zu früh ließ er sie los. »Schlaf gut.«

Das würde sie ganz sicher nicht, dachte sie, als sie in ihr Bett stieg, dass in dieser Nacht viel zu groß für sie allein war.

»Ich habe mir überlegt, dass wir beide noch mal von ganz vorn anfangen«, überraschte Eric sie.

Chloe dekorierte gerade ihr Schaufenster neu, was jedes Mal eine Herausforderung darstellte, weil sie nicht besonders groß war.

»Lass mich das machen.« Er umfasste ihre Taille und hob sie aus dem Fenster. Sie glitt an seinem Körper herunter.

»Was machst du da, Fremder?«

Er gab ihr einen Kuss auf die Nasenspitze. »Darf ich ihnen behilflich sein, Ms. McAllister?«

»Wobei?«

»Bei allem, wo es nötig ist.«

Chloe spürte, wie sie rot wurde.

»Für so eine zugeknöpfte Person verstehst du ganz schön viel falsch«, erklärte Eric.

Wahrscheinlich nahm ihr Kopf gerade die Farbe ihrer Haare an.

Eric kletterte in das Schaufenster und entfernte die Herzen von der Decke. Dann drapierte er den neuen Schmuck nach ihren Anweisungen. Meistens jedenfalls. Ab und zu schlug er ihr Änderungen vor, die sie zähneknirschend hinnahm.

Als sie eine Stunde später, draußen in der Kälte vor dem Fenster standen, und es bewunderten, musste sie zugeben, dass seine Vorschläge ganz passabel waren.

»Zufrieden?«

»Sehr.«

»Bekomme ich zur Belohnung einen Kuss?«

»Ich küsse keine Fremden.«

»Das dachte ich mir schon. Ich aber.«

»Du küsst alles, was nicht bei drei auf den Bäumen ist.«

Eric sah sie zerknirscht an, und Chloe grinste. »Du streitest es nicht mal ab.«

»Würde es was nützen?«

»Nein. Ich könnte dir eine Chili Chocolate anbieten. Sie geht aufs Haus«, lenkte sie ein.

Er stöhnte theatralisch. »Besser als nichts.«

Gemeinsam saßen sie an einem der kleinen Tische und schlürften genüsslich die heiße Schokolade. Eric erzählte von seiner Arbeit auf dem Anwesen der Clancys, und sie hätte ihm ewig zuhören können. Wenn er sprach, untermalte sein Gesicht auf faszinierende Art seine Worte. Seine Augen funkelten. Seine Grübchen wippten auf und ab und seine Lippen … darüber wollte sie lieber nicht weiter nachdenken.

Die Tür öffnete sich, und Chloe sah erschrocken in das Gesicht einer ihr viel zu bekannten Frau.

»Eric«, die Frau strahlte ihr Gegenüber an.

Eric stand auf und gab ihr einen Kuss auf die Wange. »Jenny, wie geht es dir? Du siehst gut aus.«

»Es geht mit sehr gut. Travis trägt mich auf Händen.«

»Das wusste ich.«

»Ich soll dich von ihm grüßen, wenn ich dich sehe.« Jenny lächelte ihn liebevoll an, was Chloe vollends verwirrte. Wenn ein

Mann sie so belügen würde, würde sie Jahre später noch Mordgedanken haben.

Die Frau wandte sich an Chloe. »Ich brauche ein Kinderbuch für Holly und ein paar Cookies.«

Chloe reagierte wie ein Roboter, sie packte die Cookies ein und das Kinderbuch, das Jenny ihr reichte. »Dein Buch ist übrigens toll geworden, Chloe«, sagte sie zum Abschied. »Ich verstehe nur nicht, weshalb du es unter einem Pseudonym veröffentlicht hast.«

Sie gab Eric zum Abschied einen Kuss, der dies kaum registrierte, sondern nur Augen für Chloe hatte. Langsam schlich sich die Erkenntnis in seinen Blick.

Das Glöckchen klingelte und Jenny, der sie in ihrem Buch den Namen Nathalie gegeben hatte, war fort. Chloe schien es, als würde sie sämtliche Wärme aus dem Laden hinter sich herziehen. Schlagartig wurde ihr kalt. Eric stand ihr gegenüber, aber er hätte ebenso am Nordpol sein können.

Er fand als erstes seine Stimme wieder. »Du hast es geschrieben. Warum bin ich da nicht längst draufgekommen?«

Da es keinen Zweck mehr hatte, es abzustreiten, nickte sie bloß. »Ich kannte dich doch gar nicht. Jedenfalls nicht richtig.«

»Und da hast du gedacht, du könntest mich mal eben vor der ganzen Stadt durch den Kakao ziehen. Ich finde, das macht es nur noch schlimmer.«

»Das war nicht meine Absicht.«

»Interessant. Dann bin ich aber gespannt, was deine Absicht war.«

»Die Frauen haben diese Geschichten erzählt, und ich weiß auch nicht. Es war witzig. Irgendwann habe ich sie aufgeschrieben.« Die Erklärung klang selbst in ihren Ohren plump.

»Weiter.«

»Eve hat das Manuskript an die Verlage geschickt, und sie haben es mir aus den Händen gerissen. Ich wusste nicht, wie mir geschah. Ich dachte nicht, dass jemand es liest.«

»Du hast mich mit voller Absicht belogen.«

»Ich habe nur nicht die ganze Wahrheit gesagt«, verteidigte sie sich.

»Was ist eigentlich dein Problem, Chloe?«

Verunsichert sah sie ihn an. »Ich verstehe nicht.«

Eric trat näher an sie heran, und sofort spürte sie, wie das Blut schneller durch ihren Körper pulsierte. Sie wich zurück. Der Zorn in seinen Augen machte ihr Angst.

»Du wolltest nicht mich bestrafen, sondern Steve. Diese Geschichte, dass eine meiner Frauen mich mit einer anderen im Bett erwischt hat, das war nicht meine Geschichte. Das war deine und Steves, stimmt's? Er war schon immer so ein Idiot. Du brauchst es gar nicht leugnen. Ich weiß es. Ich behandele Frauen nicht so. Ich bin kein Heiliger, okay. Aber ich mache ihnen nichts vor. Jenny weiß genau, dass sie mit Travis glücklicher ist. Sie hat mich zu dieser Hochzeit überredet, weil sie ihrem Vater eins auswischen wollte, und ich war nicht abgeneigt. Sie war achtzehn und ich zwanzig. Ich gehe nur mit Frauen ins Bett, die ich mag. Ich benutze sie nicht so, wie Steve dich benutzt hat.«

Chloe zitterte unter dem Ansturm seiner Vorwürfe.

»Ich glaube nicht, dass Frauen so ticken, wie du denkst. Ich glaube nicht, dass nicht wenigstens ein paar dabei waren, die du benutzt und weggeworfen hast. Die nicht wollten, dass du sie liebst.«

»Hattest du bei euren witzigen Klatschrunden den Eindruck, dass ich einer dieser Frauen das Herz gebrochen habe?«

Sie dachte kurz nach und musste den Kopf schütteln. Sie hatten sich eigentlich meistens köstlich amüsiert.

»Ich bilde mir ziemlich viel auf meine Menschenkenntnis ein, Chloe, und ich weiß, wie weit ich bei einer Frau gehen kann, ohne sie zu verletzen. Bei manchen bis zu einem Kuss, bei manchen weiter. Ich verspreche nichts. Ich mache niemandem etwas vor.

»Warum bist du dann nicht imstande, eine längere Beziehung zu führen?«, begehrte sie auf.

»Vielleicht, weil ich noch keine Frau getroffen habe, die mein Herz berührt«, sagte er langsam.

Sie schwieg. Es gab nichts zu sagen.

»Ich habe nicht versucht, mit dir zu schlafen, oder?«

Chloe kniff ihre Lippen zusammen und unterdrückte ein Schluchzen.

»Weißt du warum?« Er beugte sich über sie. »Weil ich dir Zeit geben wollte, bis du es auch möchtest. Zeit, bis du weißt, dass ich es ehrlich mit dir meine.« Seine Lippen glitten ihre Wange und ihren Hals hinunter.

Jetzt kniff sie ihre Augen zusammen und keuchte auf.

Die Ladentür klappte, und er war verschwunden.

Eins musste man Eve lassen: Sie versuchte alles, um Chloe aufzumuntern, nachdem diese ihr von der desaströsen Entwicklung ihrer Beziehung zu Eric berichtet hatte. Außerdem hatte sie ein wirklich schlechtes Gewissen, weil sie sich jetzt endlich doch für die Veröffentlichung des Buches verantwortlich fühlte.

»Er hatte recht. Ich war so wütend auf Steve, dass mir diese Alle-Männer-sind-Schweine-Geschichten gerade recht kamen. Weshalb habe ich meinen Protagonisten nicht Steve genannt? Dann wäre das alles nicht passiert.«

»Ganz genau, und du wärst nie in den Genuss von Erics Kusskunst gekommen.«

»Das stimmt auch wieder.«

Sie saßen auf ihrem Sofa mit Pizza und Cola. Eve hatte sich damit arrangiert, dass Chloe beschlossen hatte, sich in der Stadt nicht mehr sehen zu lassen.

»Ich bin froh, dass Tante Mae mich vertritt, während ich weg bin.«

»Ich werde dich zwar vermissen, aber es ist bestimmt gut, wenn du ein bisschen Abstand bekommst.«

Morgen würde sie ihre Lesereise antreten. Ihr war zwar nicht wohl dabei, Erics Geschichten im ganzen Land zum Besten zu geben. Aber für den Fall, dass sie sich weigerte, drohte der Verlag mit einer üppigen Vertragsstrafe, und das konnte sie sich nicht leisten. Im Grunde war es auch egal. In allen anderen Städten würden die Zuschauer glauben, dass es sich um fiktive Geschichten handelte.

Wenn sie in zwei Wochen zurückkam, würde sie hoffentlich so weit gefestigt sein, dass sie den Mist hinter sich lassen konnte. Eric würde sich bis dahin getröstet haben, und sie konnten vielleicht wie erwachsene Menschen mit der Sache umgehen. Eins war jedenfalls klar, die Schreiberei würde sie an den Nagel hängen.

7. Kapitel

Chloe war noch nie so müde gewesen. Sie schleppte sich in ihr Hotelzimmer. Weshalb gerade heute der Fahrstuhl ausgefallen war, war ihr schleierhaft. Wenigstens hatte der Verlag keine Kosten und Mühen gescheut und sie nur in wirklich schicken Hotels untergebracht. Trotzdem freute sie sich, morgen wieder in ihrem eigenen Bett zu schlafen. Die Tage waren an ihr vorbeigeflogen. Jeden Tag ein anderer Zug oder Flug. Jeden Tag ein neues Hotel und ausverkaufte Lesungen. Allerdings immer dieselben Fragen. Haben diese Geschichten sich so zugetragen? Wie sieht er aus? Kann man ihn kennenlernen? Auf diese Frage hatte sie gleichermaßen schockiert wie aufgeregt reagiert. Sie würde sicher keiner Frau Erics Telefonnummer geben. So weit kam es noch. Außerdem hatte sie sie aus ihrem Handy gelöscht. Okay, vorher hatte sie sie auf einen kleinen Zettel geschrieben und zu Hause in die Dose getan, in der sie auch ihre Lebenswünsche aufbewahrte. Jetzt war sie gut aufgehoben, zwischen *Einmal unter freiem Sternenhimmel schlafen* (sie war 18) und *Brad Pitt treffen* (16). Beide Wünsche hatten sich bisher nicht erfüllt.

Chloe hatte ihr Zimmer erreicht und schloss die Tür auf. Sie musste noch ihre Klamotten packen, ihr Flieger ging um sieben in der Früh.

Im Flugzeug bemächtigte sich ihrer ein ungutes Gefühl. Es fühlte sich an, als ob sie etwas ausgefressen hätte, oder ihren Eltern beichten müsste, dass sie eine miese Note bekommen hatte. Am liebsten wäre sie wieder ausgestiegen, aber dafür war es zu spät. Jede Meile brachte sie ihm ein Stückchen näher.

»Der arme Kerl«, kicherte die Frau, die neben ihr saß. Irritiert schaute Chloe sie an und schluckte. Die Frau las ihr Buch.

»Wieso?«, fragte sie interessiert.

»Er kommt nicht besonders gut weg in dem Buch. Kennen sie es?«

Chloe nickte. Viel zu gut, aber das behielt sie für sich.

»Ich hätte es nicht gern, wenn mein Liebesleben der ganzen Stadt präsentiert wird. Angeblich stimmen die Geschichten.«

»Es zwingt ihn ja niemand, so ein ausschweifendes Liebesleben zu führen. Die Frauen fanden das vielleicht nicht so witzig.«

Ihre Nachbarin schüttelte den Kopf. »Ehrlich gesagt klingt es für mich danach, dass dieser Eric ein sehr charmanter Typ ist. Okay, bis auf die erste Geschichte. Das war wirklich fies.«

»Die ist ihm nicht passiert«, quetschte Chloe hervor.

Die Frau sah sie erstaunt an. »Sie kennen ihn.«

Chloe nickte. »Ich habe das Buch geschrieben.«

»Sie sind Helen Levy?«

»Eigentlich Chloe McAllister.« Sie reichte der Frau ihre Hand.

»Sie sehen viel zu harmlos aus für so ein Werk.«

»Das klingt nicht nach einem Kompliment«, stellte Chloe trocken fest.

»So war es auch nicht gemeint, Kindchen.« Sie lächelte warm. »Ich bin Victoria. Warum haben Sie das geschrieben?«

»Wenn ich das heute noch wüsste«, seufzte sie und sah aus dem Fenster. Weiße Wolkenberge flogen an ihr vorbei.

»Ich schätze, er ist sauer, oder?«

»Ziemlich. Er wird nie wieder ein Wort mit mir wechseln.«

»Lieben Sie ihn?«

»Ich weiß nicht«, sagte sie zögernd. »Dafür kenne ich ihn viel zu wenig. Wir waren nur so was wie Freunde, glaube ich.«

»Dafür, dass Sie ihn zu wenig kennen, gehen Sie ziemlich hart mit ihm ins Gericht. Ich schätze, Sie haben nur mit den Frauen gesprochen?«

Chloe nickte und kam sich vor wie ein Schulmädchen.

Victoria tätschelte aufmunternd ihre Hand. »So schlimm ist es auch wieder nicht. Immerhin haben Sie die Situationen mit viel Humor beschrieben.«

»Er findet es nicht lustig.«

»Dann sollten Sie noch mal mit ihm reden. Vielleicht ist noch was zu retten.«

»Ich weiß nicht, ob ich mich das traue.«

»Sie haben sich getraut, dieses Buch zu schreiben, und ich wette, Sie haben nicht damit gerechnet, dass es so ein Erfolg wird.

Da schaffen Sie das auch noch. Vorausgesetzt, er ist es wert.«

Chloe dachte über ihre Worte nach.

»Ist er es wert?«, hakte Victoria nach.

»In jedem Fall«, sie lächelte die Frau an. »Ich glaube, Sie haben mir gerade das Leben gerettet.«

»Wir bereuen nichts so sehr, wie vergebene Chancen. Und glauben Sie mir eins. Sie lieben ihn. Das sehe ich ihnen an. Lassen Sie ihn nicht einfach gehen.«

Eve holte sie in Nashville vom Flughafen ab und begrüßte sie, als wäre sie zwei Jahre und nicht zwei Wochen unterwegs gewesen.

»Wir gehen heute Abend alle aus und feiern deine Rückkehr. Und keine Widerrede!«

»Eigentlich wollte ich mir mit Tante Mae einen Mädelsabend machen«, protestierte sie. »Sie fliegt übermorgen wieder zurück.«

»Ich habe gesagt: Keine Widerrede. Mae ist heute Abend mit Ellen und Sue im Kino.«

»Okay. Dann bin ich müde. Diese Reise war furchtbar anstrengend.«

»Chloe McAllister, mach mich nicht wütend. Du wirst heute Abend ausgehen, und wenn ich dich gegen deinen Willen in den Pub schleifen muss. Du wirst dich aufbrezeln und Eric mit hoch erhobenem Kopf entgegentreten. Du wirst kein schlechtes Gewissen haben. Es ist lächerlich, dass er so sauer auf dich ist. Der Mann, der im Glashaus sitzt, sollte nicht mit Steinen schmeißen.«

Chloe verstand zwar nicht genau, was Eve mit der letzten Bemerkung meinte, aber besser, sie brachte die Begegnung hinter sich. Sie würde versuchen, mit ihm zu reden. Er würde sie vermutlich nie wieder küssen, aber vielleicht konnten sie wenigstens Freunde sein. Sie könnten ab und an gemeinsam backen, Chilischokolade trinken und tun, was Freunde eben so taten.

Die Sehnsucht erfasste sie mit riesigen Klauen. Er würde sie abweisen. Er würde ihr nicht verzeihen. Wenn ihm etwas an ihr gelegen hätte, dann hätte er sie längst angerufen. Wahrscheinlich hatte er sie abgehakt. Allerdings hatte sie sich auch nicht bei ihm gemeldet, und sie war an der Reihe, ihn um Verzeihung zu bitten. Sie hatte es nicht getan. Sie war zu feige. So einfach war das. Ihm war kein Vorwurf zu machen.

Eve setzte sie zu Hause ab. »Ich hole dich ab, und ich lasse nicht mit mir verhandeln.«

Die Luft war rauchgeschwängert, als sie den Pub betraten.

»Da ist ja unsere Bestsellerautorin«, verkündete Daniel laut, und es gab keinen Mann im Raum, der nicht zu johlen begann.

»Ich hätte auch ein paar Geschichten für dich«, verkündete Joe, der Besitzer des Pubs, und spendierte eine Runde Gratisdrinks. »Ich kann mich kaum retten vor Gästen«, erklärte er. »Ständig kommen Touristinnen und fragen, wer die Vorlage für dein Buch ist.«

»Oh Gott«, stieß sie hervor. Das glaubte sie jetzt nicht.

»Keine Angst. Wir verraten nichts. Mittlerweile hört fast jeder Mann in Crossville auf den Namen Eric.«

Die Umstehenden lachten.

»Dankeschön, Chloe«, rief ein Mann von der Bar und prostete ihr zu.

»Keine Ursache«, erwiderte sie schwach und ließ sich kraftlos auf der Bank nieder.

Sie griff nach ihrem Mojito und stürzte ihn in einem Zug runter. Sie wollte sterben.

»Ich erinnere dich ungern, aber du verträgst keinen Alkohol.«

Sie hatte ihn nicht gesehen. Er saß neben ihr im Schatten der Bank. Sein Arm lag ausgestreckt auf der Lehne. Seinen Gesichtsausdruck konnte sie nicht deuten.

»Es ist nett, dass du dich sorgst, aber ich brauche heute etwas Starkes.«

»Ich sorge mich nicht.«

»Auch gut.«

Chloe wandte sich ab. Seine Gegenwart machte sie nervös. Wieso saß er hier? Wieso stand er nicht mit einer langbeinigen Schönheit an der Bar. Sie wollte ja mit ihm reden. Sie wollte ihn auch um Entschuldigung bitten, aber nicht vor den vielen Menschen.

Leider waren alle ihre Freunde in ein Gespräch vertieft und beachteten sie nicht. Na toll. Sie schienen sie tatsächlich vermisst zu haben. Sie könnte so tun, als ob sie zur Toilette musste, und verschwinden.

»Wie war deine Reise?«

Sie konnte auch noch ein bisschen bleiben. »Gut. Danke.«

»Anstrengend?«

»Ziemlich. Ich schlafe nicht so gern in fremden Betten.« Hatte sie das wirklich gesagt?

Er lachte leise. »Gut zu wissen.«

»Bist du mir noch böse?« Jetzt war es ihr doch rausgerutscht. Unruhig rutschte sie auf der Bank hin und her. Sie sah ihn an und sog an dem Strohhalm ihres zweiten Drinks.

Sein Blick hielt ihren fest. »Du zappelst.«

»Du machst mich eben nervös.« Sie versuchte still zu sitzen.

Er schwieg und wandte seinen Blick ab. Ihrer glitt über seine Brust, die sich viel zu aufreizend unter dem engen T-Shirt abzeichnete, zu seinem festen Bauch.

Jetzt sah er sie wieder an, und Chloe fühlte sich überrumpelt.

»Um deine Frage zu beantworten: Ich bin dir nicht böse.«

Erleichtert atmete sie auf. Das war ja leichter als gedacht. Zaghaft lächelte sie ihn an. Sein Gesicht blieb versteinert.

»Du hast getan, was du für richtig gehalten hast. Sicher hast du eine ganze Stange Geld kassiert. Ich habe versucht, dich zu verführen, um an die gewünschten Infos zu bekommen. Du hast mich benutzt, ich dich. Ich denke, wir sind quitt. Obwohl ich nicht ganz auf meine Kosten gekommen bin.« Aufreizend langsam betrachtete er ihren Körper. »Aber du bist sowieso nicht mein Typ.«

Seine Worte waren wie eine kalte Dusche. Chloe musste sich

zusammenreißen, ihm ihren Drink nicht ins Gesicht zu schütten.

»Pass auf, was du tust«, warnte er sie. »Du könntest es bereuen.«

Hatte seine Stimme schon immer so eisig geklungen?

Chloe schüttete ihren Drink hinunter und sprang auf.

Sie drängelte sich zur Bar. »Joe, bitte noch einen.«

»Bist du sicher?«

Sie nickte und wartete. Als der Drink vor ihr stand, starrte sie ihn an. Ihr war übel, aber das lag nicht an den Drinks. Sie hatte sich an der Nase herumführen lassen. Am liebsten hätte sie geheult, aber das würde sie nicht tun. Nie wieder. Sie trank und hielt sich an der Theke fest.

»Baby«, erklang eine vertraute Stimme neben ihr. »Alles klar? Ich habe dich vermisst.«

Sie drehte sich um. Steve. Der Mann, der ihr zum ersten Mal das Herz gebrochen hatte.

»Ich habe von deinem Erfolg gehört, und da dachte ich, ich komme vorbei, um dir zu gratulieren. Magst du tanzen?« Seine Hand lag auf ihrem Rücken und verströmte eine unangenehme Hitze.

Chloe schüttelte den Kopf.

»Komm schon. Ein Tanz, der alten Zeiten wegen.« Er schob sie zur Tanzfläche und zog sie an sich.

»Okay.« Sie sollte lernen, nicht so streng mit Männern zu sein. Sie waren unvollkommen, wie sie auch. »Wie geht es deiner Sekretärin?«

Er lachte. »Ich musste sie leider entlassen.«

»Sie wollte wohl nicht so wie du?«

»Im Gegenteil, aber sie war nicht wie du.«

Chloe überlegte, ob sich seine Stimme früher auch so unehrlich angehört hatte. Sehr wahrscheinlich, sie hatte es nur nicht hören wollen. Er zog sie enger an sich. Das war ihr definitiv zu nah. Trotzdem legte sie ihren Kopf an seine Brust. Das wenigstens fühlte sich vertraut an. Zwei Jahre war sie in ihn verliebt gewesen. Sie hatte gedacht, ohne ihn nicht leben zu können, und über all seine Fehler und Lügen hinweggesehen.

Und dann hatte sie es doch geschafft. Sie hatte einfach einen Tag nach dem anderen abgehakt. Das war eine gute Taktik, so würde sie das wieder machen.

Eve tauchte neben ihr auf. »Was tust du, Chloe?«, zischte sie. »Warum tanzt du mit dem Scheißkerl?«

Steve lachte ein bisschen zu laut. »Es ist auch schön, dich zu sehen, Eve. Siehst du nicht, dass Chloe und ich uns gerade wieder vertragen?«

»Mit dir Schwein verträgt sie sich ganz sicher nicht. Komm mit, Chloe. Ich bringe dich nach Hause.« Sie griff nach ihrer Hand, doch Chloe entzog sie ihr.

»Ein Scheißkerl ist so gut wie der andere. Warum also nicht Steve. Da weiß ich wenigstens, woran in bin.«

»Du hast zu viel getrunken. Du kannst nicht klar denken.«

»Für meinen Geschmack denkt sie sowieso meistens zu viel«, sagte Steve.

»So was Bescheuertes kannst auch nur du sagen.« Eve stampfte mit dem Fuß auf. »Du wirst dich nicht wieder mit diesem Typen einlassen.«

»Ist ja schon gut«, brummte Chloe. »Ich komme mit.«

»Du bleibst hier«, bestimmte Steve. Er griff nach ihrem Arm und hielt sie fest.

»Du tust mir weh!«, protestierte Chloe und war von einem Moment auf den anderen ernüchtert.

»Gibt es ein Problem?« Eric stand neben ihr und sah erst sie, dann Steve an.

»Kein Problem«, sagte dieser.

Steve war genauso groß wie Eric. Aber neben ihm wirkte er nur wie ein halber Mann, fiel Chloe auf. Seine Schultern hingen herunter, und um seine Taille hatte sich ein kleiner Ring gebildet. Sie schüttelte sich innerlich. Es war total egal, wie gut oder schlecht ein Mann aussah. Unehrlich waren sie alle.

»Chloe, möchtest du nach Hause?«, wandte Eric sich an sie. Wieso fragte er das? Was ging es ihn an?

»Nein. Ich möchte mit Steve tanzen.«

Steves triumphierender Blick entging ihr nicht. Sie ließ sich in seine Arme ziehen.

Eve schüttelte empört den Kopf, ging aber zu ihrem Tisch zurück.

Alles fühlte sich falsch an. Steves Körper war zu weich, seine Hände zu fordernd. Seine Lippen, mit denen er ihre Wange berührte, zu feucht. Hatte er sich früher auch so angefühlt?

Nach zwei weiteren Tänzen drückte sie ihn von sich fort. »Ich gehe jetzt nach Hause«, sagte sie.

»Ich bringe dich, Schatz.«

»Ich bin nicht dein Schatz«, stellte sie klar.

»Aber du könntest es wieder werden.«

»Ganz sicher nicht.« Ohne irgendwen anzusehen, holte sie ihre Jacke und lief hinaus.

Nach der Hitze im Pub war ihr die Kälte mehr als willkommen. Sie schloss ihre Jacke und machte sich auf den Heimweg. Sie würde nicht über Eric nachdenken. Sie würde überhaupt nie wieder an ihn denken.

»Jetzt stell dich nicht so an, Chloe«, hörte sie Steve hinter sich. Er riss sie zu sich herum und zog sie an sich. Sie spürte seine Lippen auf ihren. Sie versuchte ihn wegzustoßen, aber obwohl er nicht so trainiert war wie Eric, war er immer noch stärker als sie. Sie biss ihm in die Lippe. Endlich ließ er von ihr ab.

»Was zum Teufel?«, er fasste sich an den Mund und hatte Blut an den Fingern. »Bist du blöd?«

Sie hatte seine Hand nicht kommen sehen, plötzlich landete sie in ihrem Gesicht. Chloe taumelte. Ein stechender Schmerz raste durch ihren Kopf. Er hatte sie geschlagen. Sie verlor das Gleichgewicht. Bevor sie stürzte, riss er sie wieder an sich. Grob senkten sich seine Lippen auf ihre. Er riss an den Knöpfen ihrer Jacke. Sie trommelte mit ihren Fäusten auf ihn ein und schrie ihn an.

Genauso plötzlich, wie es angefangen hatte, war es vorbei. Chloe versuchte, sich zu orientieren. Steve lag auf der Straße, und Eric stand wutschnaubend über ihm.

»Was soll das? Was fällt dir ein?« Steves Stimme klang fast weinerlich. Er wollte sich aufrappeln, doch Eric stellte ihm einen Fuß auf die Brust. »Du wirst jetzt verschwinden, bevor ich mich vergesse.«

Steve stand langsam auf und musterte Eric. »Du bist der Idiot, über den sie das Buch geschrieben hat«, sagte er und lächelte zynisch. »Du bist ja noch schlimmer als ich.«

Erics Faust landete in seinem Gesicht und Steve ging wieder zu Boden. »Jetzt habe ich mich vergessen«, sagte er und wandte sich ab.

»Komm«, sagte er zu ihr. »Ich bringe dich heim.«

Chloe zitterte. Sie wusste, dass sie ihn zum Teufel schicken sollte.

Eric legte einen Arm um sie und brachte sie nach Hause. Er schloss auf und schob sie ins Bad. »Du duschst dir jetzt den Geruch von diesem Schwein ab«, befahl er. »Kannst du das allein?«

Sie nickte, zog sich aus und stellte sich so lange unter die Dusche, bis Eric an die Tür klopfte. Sie hatte sich gefühlte hundertmal eingeseift.

»Ich denke, es ist genug«, sagte er durch die Tür.

Chloe wickelte sich in ihren Bademantel und trat hinaus. Sie wollte ihn fortschicken, aber sie war zu ausgelaugt für neue Diskussionen.

Eric lehnte an der Wand. »Wie geht es dir?«

Chloe berührte ihre Wange. Sie begann anzuschwellen.

»Ich hole Eis. Du gehst ins Bett.«

Mit ihrem Bademantel kroch sie ins Bett und zog sich die Decke bis zum Kinn. Das Zittern hörte trotzdem nicht auf.

Eric kam zurück. Er hatte ein paar Eiswürfel in ein Küchentuch gewickelt. Jetzt setzte er sich auf die Bettkante und legte das Päckchen vorsichtig auf ihre Wange. »Ich hätte den Mistkerl totschlagen sollen.«

Chloe schloss die Augen. »Du kannst jetzt gehen, und danke für alles«, flüsterte sie.

»Ich gehe ganz sicher nicht. Nicht, bis Mae hier ist.«

»Das kann noch Stunden dauern.«

»Ich habe nichts anderes vor.«

»Mir ist kalt.«

»Das kommt von dem Schock und dem Eis, aber wenn du es nicht kühlst, dann sieht dein Kopf morgen aus wie eine Wassermelone.«

»Ist doch auch schon egal.«

»Mir nicht.«

»Wir sollten uns vornehmen, uns nicht mehr anzulügen.«

»Gute Idee.«

Chloes Zähne klapperten.

»Ich mache dir eine heiße Schokolade.«

»Bleib hier, bitte.« Sie tastete nach seiner Hand. »Wenn es dir nichts ausmacht, könntest du meine Hand halten. Ich weiß, du hasst mich, aber es wäre nur kurz.«

Eric schob seine Hand über ihre. Sein Daumen streichelte ihre Handinnenfläche. »Ich hasse dich nicht.«

Chloe lächelte. »Keine Lügen. Schon vergessen?«

»Mach deine Augen auf Chloe.«

»Nein.«

»Warum nicht?«

»So kann ich mir einbilden, dass du mich nicht so böse anschaust. Nicht so kalt.«

»Ich schaue dich nicht böse an, und kalt schon gar nicht.«

»Doch, das tust du. Du bist jetzt nur so nett, weil du keine Wahl hast.« Sie schauderte vor Kälte. »Ich glaube, ich brauche noch eine Decke.«

»Ach verdammt«, hörte sie Eric murmeln. Er stand auf. Aber anstatt eine weitere Decke über sie zu legen, hob er ihre an, und dann spürte sie ihn neben sich. Er zog sie in seine Arme. Das Eispäckchen nahm er ihr aus der Hand und bettete ihren Kopf auf seine nackte Brust. Sie musste träumen. Warum hatte er sein T-Shirt ausgezogen?

»Was machst du?«

»So machen das die Pinguine auch. Sie kuscheln sich ganz fest zusammen, um sich zu wärmen.«

»Das funktioniert?«

»Wir werden es merken, schätze ich.«

Chloe schob ihre Hände über seinen Körper.

»Scheiße, bist du kalt«, murmelte er. Seine Brustwarzen wurden hart. Sie spürte es genau, als sie darüberstrich. Eric nahm ihre Hand und hielt sie fest. »Du solltest versuchen, zu schlafen.«

»Bleibst du hier?«

»Eben sollte ich noch gehen. Du bist die wankelmütigste Frau, die ich kenne.«

»Es wäre schön, wenn du doch bleibst. Mir ist gleich viel wärmer.«

»Mir auch.«

Sie spürte seine Lippen auf ihrer Stirn. Er zuckte, als würde er lachen.

Mitten in der Nacht wurde Chloe wach. Sie strampelte um sich. Steve hatte nach ihr gegriffen, sie zu Boden gedrückt. Er versuchte, ihr wehzutun. Jetzt griff er nach ihr und hielt sie fest.

»Schhh. Ist gut. Ich bin es Eric.«

Ein Schrei blieb ihr im Hals stecken. Was tat er hier? Dann erinnerte sie sich und wurde stocksteif.

»Es ist gut«, flüsterte er und zog sie näher zu sich heran.

Im Zimmer war es stockfinster. Er musste das Licht gelöscht haben. Weshalb war er noch da? Und weshalb war es so warm? Ihre Hände glitten über seine nackte Brust. War er etwa komplett … Sie tastete sich seinen Rücken hinunter und erspürte seine Jeans. Enttäuschung machte sich in ihr breit. Dann spürte sie noch etwas, etwas, was definitiv nicht in ihr Bett gehörte. Oder vielleicht schon. Es presste sich an ihren Bauch.

Eric stöhnte. »Entschuldige«, flüsterte er. »Es ist nur …«

Jetzt erst merkte sie, dass ihr Bademantel sich geöffnet hatte. Sie lag nackt auf ihm. Jedenfalls fast. Seine Hände ruhten auf ihrem Rücken, und, wie sie zu ihrem

Bedauern feststellte, auf dem Bademantel. Ohne darüber nachzudenken, begann Chloe, seine Brust zu küssen. Vorsichtig biss sie in seine Brustwarzen.

»Chloe, weißt du, was du das tust?«, knurrte er. »Vielleicht stehst du noch unter Schock.«

»Etwas, was ich schon längst hätte tun sollen.«

Seine Hände schoben den Bademantel von ihren Schultern. Er rollte sie herum, dass sie unter ihm zu liegen kam.

»Hast du das gerade wirklich gesagt?«

»Hhm.« Ihre Hände fuhren unter den Bund seiner Jeans.

»Du hast es nicht anders gewollt. Ich bin auch nur ein Mann.«

Seine Lippen fanden ihre. Behutsam küsste er sie und drang mit seiner Zunge in sie ein. Er spielte mit ihr. Seine Küsse wurden leidenschaftlicher, drängender. Seine Hände fuhren über ihren Bauch zu ihrem Po und pressten sie an sich. Sie wölbte sich ihm entgegen. Sie wollte ihn, und auch, wenn sich herausstellen sollte, dass es ihm nur um Sex ging, war ihr das egal. Sie brauchte ihn jetzt.

Als Chloe das nächste Mal erwachte, schien die kalte Märzsonne ins Zimmer. Eric hielt sie fest umschlungen und schlief noch.

Sie hatten tatsächlich miteinander geschlafen. Bei Licht betrachtet, meldete sich ihr Gewissen. Sie war nicht besser, als all die anderen Frauen, die sich von seinem Charme und seinem Körper hatten verführen lassen. Ob sie genauso locker damit umgehen konnte, wenn das hier zu Ende war? Was auch immer es überhaupt war. Länger als eine Stunde würde es vermutlich nicht dauern, wenn Eric erst aufwachte. Chloe begann, vorsichtige Küsse auf seiner Brust zu verteilen. Ihre Hände fuhren über seine feste Haut, seine Muskeln.

»Für eine Frau mit einer abgelaufenen Kondomschachtel im Schrank bist du ziemlich leidenschaftlich«, raunte Eric ihr ins Ohr. »Wer hätte das gedacht?«

»Ich schätze, du hattest welche dabei, die frisch aus der Produktion stammten.«

»Darauf kannst du wetten.« Besitzergreifend zog er sie an sich. »Und wo die waren, sind noch viel mehr.«

»Du bist also noch nicht auf deine Kosten gekommen?« Sie sah ihn an.

»Noch lange nicht. So schnell wirst du mich nicht los.«

»Ich schätze, damit kann ich leben. Du bist recht nützlich. Beim Plätzchenbacken, Dekorieren und so.«

Eric lachte auf ihren Lippen. »Ich zeige dir jetzt noch etwas besonders Nützliches.«

»Ich kann nicht glauben, dass ich mich jetzt in die lange Reihe deiner Eroberungen einreihen muss«, jammerte Chloe später. Die letzte Nacht hätte man noch unter Ausrutscher verbuchen können, aber jetzt …, überlegte sie.

»Musst du nicht«, tröstete Eric sie.

»Nicht?«

»Ich verrate dir ein Geheimnis, wenn du versprichst, es für dich zu behalten.«

»Da bin ich ganz groß drin.« Ihr Kopf lag auf seiner Schulter, und versonnen strich sie über seine glatte Haut. Kein Mensch würde sie aus diesem Bett bekommen. Jedenfalls nicht heute.

Eric zog sie noch näher zu sich heran, wenn das möglich war. »Gut. Ich habe nämlich einen Ruf zu verlieren, und zwar einen, dem du zweifelhafte Berühmtheit verschafft hast. Aber besser so als gar keinen Ruf.«

»Wie gut, dass du es endlich mit Humor trägst. Also, raus mit der Sprache.«

»Du bist die Frau, die mein Herz berührt hat. Schon, als ich dich barfuß auf dem Tresen sitzen sah, auch wenn du dieses doofe Buch in der Hand gehalten hast und das Kleid eindeutig zu eng war, und deine

Chili Chocolates haben alles nur noch schlimmer gemacht.«

Ungläubig sah Chloe ihn an. Tränen traten ihr in die Augen und kullerten über ihre Wangen.

»Ich hatte eigentlich nicht erwartet, dass dieses Geständnis dich zum Weinen bringt.« Zärtlich küsste Eric die Tränen fort.

»Ich weine nur, wenn ich glücklich bin.«

»Gut zu wissen, dann darfst du weiterweinen. Ich kümmere mich um den Rest.« Er drehte sie auf den Rücken und machte da weiter, wo sie vor einer halben Stunde aufgehört hatten.

Danksagung

Das war der vorerst letzte Teil der Zuckergussgeschichten. Die nächsten drei Teile sind allerdings schon in Planung und erscheinen voraussichtlich Weihnachten 2015. Dann ist auch ein schöner weihnachtlicher Kurzroman dabei.

Ich hoffe, dass die ersten drei Teile um die Bewohner von Crossville euch gefallen haben und ich freue mich wie immer über eine Rezension bei Amazon.

Wenn ihr auf dem Laufenden über meine Projekte bleiben wollt, dann freundet euch mit mir bei Facebook an oder abonniert meinen Blog. Es ist ja kein Geheimnis, dass ich als Marah Woolf Romance Fantasy schreibe, vielleicht gefällt euch auch da die ein oder andere Geschichte.

Ansonsten möchte ich mich hier natürlich bei all denen bedanken, die mich bei diesem Projekt so tatkräftig unterstützt haben. Das sind meine Mutter und meine Schwester, die mir mit Rat und Tat zu Seite standen. An Claudia geht ein großes Dankeschön für die tollen Cover und an Philipp für das Korrektorat und das Aufspüren meiner Schusseleien.

Ich fand, dass wir ein gutes Team waren, und bin sehr gespannt, wie meinen Lesern diese kurzen, lustig-flockigen Geschichten gefallen.

Alles Liebe und bis bald

Emma

Impressum:

Ina Körner

Lorenzweg 42

39124 Magdeburg

7024133R00115

Printed in Germany
by Amazon Distribution
GmbH, Leipzig